彩雲国《さいうんこく》の国語りを聞かせよう。

遥《はる》かな昔、国中に魑魅魍魎《ちみもうりよう》が跋扈《ばつこ》していたその時代、いつ終わるともしれぬ混沌《こんとん》のなかで、一人の若者が旅に出る。跳梁《ちようりよう》する妖《あやかし》を追い払《はら》い、民《たみ》の安寧《あんねい》を胸に秘《ひ》め、いつ果てるともしれぬ旅を彼はつづけた。

やがてその想《おも》いに心うたれた八人の仙《せん》がつどいくる。藍《らん》仙、紅《こう》仙、碧《へき》仙、黄《こう》仙、白《はく》仙、黒《こく》仙、茶《さ》仙、紫《し》仙——色の名をもつ彼らはいつしか彩八仙《さいはつせん》と呼ばれ、不思議の力を駆使《くし》して若者を助けた。

かの若者の名は蒼玄《そうげん》。八仙の智恵《ちえ》を借り、国の基礎《いしずえ》を築き、人の世に夜明けを拓《ひら》いた、彩雲国初代国王。

蒼玄の死後、八仙はいずこかへと姿を消した。だが彼が仙のために建てた風雅《ふうが》の宮《みや》は、仙人の住処《すみか》——仙洞宮《せんとうきゆう》と呼ばれ、今もなお王城の一角にあるという。

〈彩雲国国語り——語り手知らず〉

序章

深夜——王宮の奥深くで、重臣たちによるひそやかな密議《みつぎ》がひらかれていた。

「……大問題ですな」

「ええ、このうえなく」

「主上《しゅじょう》が御位《みくらい》につかれてもう半年」

「ちぃとも何ともなっとりませんの……」

「何とかなると思っとったんですがの……」

「わしら年寄りは最近の風潮にはついていけぬし」

「バカモンッ！　あんなのについていけるかっ」

年寄りながら血気盛《さか》んな重臣がカッカと叫《さけ》んだ。彼は若いころ戦《いくさ》の第一線で活躍《かつやく》した名うての武将であり、六十を越《こ》えた今でもすぐ沸騰《ふっとう》する性格はあまり変わっていない。

「しかしこのままでは――」

「そう、このままではいついかなる佞臣《ねいしん》、奸臣《かんしん》のたぐいが現れぬとも限らぬ」

「どころか、王位を狙《ねら》う不届き者さえ現れるやも」

「目下の一大事は――」

他《ほか》の面々よりは落ち着き払った声で、しかしやはり渋面《じゆうめん》で呟《つぶや》くのは一人の老臣。

「……城下に広まりつつある噂《うわさ》を、何とかしなくてはならないことですな」

しーんとその場が静まりかえった。そう、まず何より彼がいう噂、それこそが問題だった。

「た、確かに」

別の一人が汗《あせ》をふきふき咳払《せきばら》いした。

「現れるやもしれぬ佞臣の心配より先に、まずは民の心情を慮《おもんぱか》ることが先決ですな」

「しししかし、手は尽《つ》くしたのですぞ！」

「これ以上どうしろと」

名案が浮《う》かばぬまま紛糾《ふんきゆう》する密議に、それまで黙《だま》っていた一人がつと口をひらいた。

「――わしに一計がありますぞ」

その声の主が国一番の重臣であったことから、周囲の声がピタリとやむ。一同は期待のまなざしで彼を見つめた。

「――俗《ぞく》に言うではないか」

白髭《しろひげ》を豊かにたくわえたその老臣は、意味ありげに口許《くちもと》をゆるませた。

「妻女《さいじよ》こそ夫子《ふうし》の大敵である、とのう」

第一章　うまい話には裏がある

その道寺《てら》は、ある時刻になるといつも美しい二胡《にこ》の音《ね》がこぼれおちてくるので有名だった。

それは本当に見事な音色だったので、道寺のそばの酒楼《しゅろう》や茶亭では時間を見計らって聴《き》きに来る客も決して少なくなかった。街の誰《だれ》もが愛してやまない二胡だが、その弾《ひ》き手である少女は二胡以上に人々から愛されていた。──知らぬは本人ばかりなり、ではあったが。

この日も、いつものように子供たちにせがまれ、授業が終わったあとに少女──紅秀麗《こうしゅうれい》は二胡を弾いていた。けれど今日は楽曲ではなく、子供たちに人気の高い彩雲国の国語りだ。

音色の余韻《よいん》とともに、秀麗はいつものように話を結んだ。

「……そうして、彩八仙は姿を消してしまいましたが、人のなかに混じって生きているといわれているので、もしかしたら今も、私たちと一緒《いっしょ》に暮らしているのかもしれません」

秀麗は笑って「はい、終わり」と告げた。途端《とたん》、真剣《しんけん》な顔で周りを囲んでいた子供たちはほっと溜息《ためいき》をついた。

「ねぇねぇ秀麗師《せんせい》」

「ん？」

「仙洞宮《せんとうきゅう》ってさ、今も本当にお城にあるの？」

秀麗は二胡を脇《わき》に置くと、「ええ」と笑った。そして少年の頭をくしゃくしゃとなでる。

「今は仙洞省って言われてるけど、王城の一角にちゃんとあるって静蘭《せいらん》が言ってたわ」

「秀麗師は見たことある？」

おだんご頭のかわいい少女が目をきらきらさせて秀麗の膝《ひざ》に手をついた。

その問いに、秀麗は本気で嘆息した。

「残念ながら、ないわ。私も一度でいいから見たいと思ってるのよ。でもさすがにお城にはね。国試《こくし》が受けられれば中に入れるけど、それは男の子しか受けられないし」

「そんならいつか俺が国試に受かって、偉《えら》いお役人になって、秀麗師を嫁《よめ》にもらってやるよ。そしたら城に連れてってやれるだろ」

得意げに胸を張る元気いっぱいの少年に、秀麗は笑った。

「ほんと？　それは嬉《うれ》しいわ。――でもねぇ柳晋《りゅうしん》、そのためにはもーうちょっと勉強しなくちゃねぇ。昨日出した宿題、忘れてきたでしょ」

「あ、あれはぁ」

慌《あわ》てる少年の横で、おだんご頭の少女が秀麗に抱《だ》きつきながらべーっと舌を出した。

「ふん、あんたなんかぜーったい無理。いっつも宿題やってこないじゃない」

「柳晋はお役人より静蘭みたいに国武試《こくぶし》受けて武官になったほうが早いんじゃないの」

「あーいえるいえる。喧嘩《けんか》は強いもんな。喧嘩だけな」

「でも母ちゃんと秀麗師《せんせい》には弱いよな。だめじゃん？」

「お、お前らぁっ」

顔を真っ赤にさせて少年が拳《こぶし》を振《ふ》り上げたとき、道寺《てら》の扉《とびら》がコンコンと叩《たた》かれた。

「申し訳ありません。ちょっとよろしいですか？　お嬢様」

入ってきた長身の人影《ひとかげ》を見て、秀麗は驚《おどろ》いた。

「――静蘭、どうしたのこんなところで」

「あーっ、静蘭だぁ」

「静蘭チャンバラごっこしよーぜっ」

あっというまに子供たちに群がられてしまった青年――静蘭は苦笑《くしょう》を漏《も》らした。

「ええと、ごめん。今日はちょっと用があるんだ。また今度ね」

えーっと口をとがらす少年の頭を軽く叩きながら、彼は秀麗のほうを向いた。

「お嬢様、すぐお邸《やしき》にお戻《もど》りになっていただけますか。お客様がいらしてます」

今度は子供全員からえーっと声があがる。

秀麗も予定外の客人に内心うめいた。――なんてこと。今日はこれから非常に重要な「仕事」が控《ひか》えていたというのに。突然《とつぜん》くるなんてどこの非常識《ばか》だ。そう思いながら腰《こし》を上げ、名残惜《なごりお》しそうに服の裾《すそ》をつかんでくる子供たち一人一人の頭をくしゃくしゃとなでる。

「ごめんね、今日はこれまで。今日やったとこ、忘れちゃだめよ？　柳晋は宿題もね」

片目をつぶると、秀麗は静蘭と連れだって路《みち》にでた。そして不思議そうに首を傾《かし》げる。

「――ところで静蘭、どうして今の時間にここにいるの？　今日は朝廷《ちょうてい》に出仕する日でしょ？」

「ええ……そうなんですが、邸にいらしてるお客様に同行を頼《たの》まれまして……」

「その人の私用で帰らせてもらえたの？　――何、お客ってそんなに身分の高い人なの？」

「ええまあ……」

妙《みょう》な歯切れの悪さに、秀麗はますます訝《いぶか》る。

静蘭は優《やさ》しげな容貌《ようぼう》に似合わず、かなりの剣《けん》の腕《うで》の持ち主だった。そのため、秀麗の家――紅家《こうけ》の後ろ盾《だて》が無きに等しいにもかかわらず、異例の早さで出世し、今では武官としてちょっとした地位にあった。もちろん朝廷全体から見れば物の数にも入らないが、それでも静蘭の上官に影響力《えいきょうりょく》をもつ人物となれば、秀麗にとっては充分《じゅうぶん》大物である。

「誰が何の用で私に会いにくるか知らないけど、事前にひと言あってしかるべきじゃない？　急に呼び出すなんて……おかげで予定が狂《くる》ったわ。狂いまくったわ」

ぐっと拳を握《にぎ》りこむと、秀麗は勢いよく静蘭をふり仰《あお》いだ。その胸にがしっとしがみつく。

「どおしよ静蘭《せいら》ぁぁんっ！　今月もまた赤字になっちゃう。このあとすっごいワリのいい仕事があったのに全部パァよ、パァ！　今月は絶対お米が買えると思ってたのにぃ。また麦なんて……麦なんてぇぇえっ!!　あの麦の真ん中に走る一の線！　米との差を見せつけられるようなあの一の線に今月も『俺は米じゃないぜ』って嘲笑《あざわら》われるんだわ。あーもう信じらんない信じらんない！　その客一生恨《うら》んでやる〜ぅ」

「お、お嬢様、誰もそんなこと言いませんから。麦はしゃべりません」

静蘭は人目を気にしてわたわたと辺りを見回した。往来のド真ん中で騒《さわ》いでいるのだから当然だが……道ゆく人の視線が冷たい。

「大丈夫《だいじょうぶ》ですよ。私も内職を増やしますから。こないだの大風で飛んでいった瓦《かわら》の修理は早くしないと雨が降ったとき大変ですし、桶代《おけ》も馬鹿《ばか》にならないですからね。瓦だけ買えれば修理は私がやりますから、そのぶん浮きますよ。壊《こわ》れた格子《こうし》もお城から見繕《みつくろ》ってもってきますし……ね、泣かないでください。私は麦のご飯大好きですよ。栄養ありますし」

「ふえええええん。静蘭いつもいつも迷惑《めいわく》かけてごめんねえ。うちのバカ父がもっとしっかりしてたらこんなことには」

「そんな、お気になさらずに」

「お給金も払《はら》えないのにずっとうちにいてくれるし……他《ほか》はみんな出てっちゃったのに。れっきとした朝廷の武官に、酒楼の帳簿《ちょうぼ》付けとか、書の代筆とか、商家の使いっぱしりとかさせてるの、きっとうちくらいよう」

「…………」

それは多分その通りだ、と静蘭は思った。

「静蘭一人なら充分食べていけるくらいの禄《ろく》もらってるのに、うちにいるから家の維持《いじ》費とか生活費とかで全部消えてっちゃうし……なのに、うちのことは気にしないでもっといい家に仕えていいのよって言えない私たち父子《おやこ》を許してえぇ。でもでも、本当にいい勤め口があったらね？　私たちにはかまわないで」

「お嬢様」

静蘭は苦笑を浮《う》かべて秀麗の言を遮《さえぎ》った。

「そんなことは気にしなくていいんです。私は出てけと言われるまでおそばを離《はな》れるつもりはありません。迷惑などとはちらとも思っていません。むしろようやく恩に報いることができて嬉《うれ》しいくらいです」

「恩なんて……っ」

「十三年前、素性《すじょう》もしれぬ私を拾ってお邸《やしき》に置いてくださったご恩は一生かけて返そうと心に決めていました。ですから、お嬢様方が気に病《や》まれる必要はまったくありません」

「……せいらあぁぁん……」

くしゃ、と秀麗の顔が再び歪《ゆが》んだ。

「あーもーなんでうちはこんなに微禄《びろく》なのよぉぉう！　位《くらい》だけはやたら高いくせにもうイヤぁ――っ!!」

「…………」

秀麗の背中を撫《な》でながら、静蘭も胸中しみじみとその意見に頷《うなず》いた。

（……本当に位だけは高いんだが……）

姓《せい》が紅氏《こうし》というところからして、それはうかがえる。

もともとこの彩雲国《さいうんこく》は八州にわかれており、それぞれを藍《らん》州、紅《こう》州、碧《へき》州、黄《こう》州、白《はく》州、黒《こく》州、茶《さ》州、紫《し》州という。これらの州名は昔からの呼び名だが、六百年ほど前、時の王が妙な考

えを起こし、各州を治めていた豪族《ごうぞく》たちを改姓《かいせい》させたのだ。すなわち、藍州侯《こう》は藍氏に、紅州侯は紅氏に、という具合に。同時にこの八侯と同じ姓をもつことを民《たみ》に禁じたので、これら八《や》色《くき》の姓をもつことは即《すなわ》ち大貴族であることを暗に示すことになった。もっとも首府——朝廷のおかれている紫州の侯は王が兼任《けんにん》していたため、以来紫氏は王族を表す姓となる。

それから六百年。統治体制は各州の豪族が治める封建《ほうけん》制から、朝廷の中央官庁による派遣《はけん》制へと移行しながらも、七家——紫氏は王家なので別格——はいまだ健在であった。

貴族の子弟で占《し》められていた高官への道を士庶《ししょ》にもひらく、官吏《かんり》登用制度——国試《こくし》制が始まってから数十年、最終試験の殿試《でんし》にまでたどりつくのは多くが七家ゆかりの者であった。七家は国試制に切り替《か》わるのと同時に、それまで蓄《たくわ》えていた財を惜《お》しげもなくつぎこみ、人材育成に乗りだしたのだ。結果、七家から次々と才人が輩出《はいしゅつ》され、その威光《いこう》はますます高まった。無論、高官となると多額の禄《ろく》が与《あた》えられるため、七家に損はない。

秀麗はそのなかの紅家——しかも由緒《ゆいしょ》正しき直系の姫《ひめ》であった。紅家といったら七家のなかでも藍家に次ぐ名門中の名門である。王の姓である紫氏は紅と藍の混じり合った色であるため、当時もっとも勢力のあった二家にその色を贈《おく》ったという逸話《いつわ》もあるほどだ。

(……本当ならお嬢様も、大勢の侍女《じじょ》にかしずかれて優雅《ゆうが》な生活を送っているハズなのに)

まかり間違《まちが》っても往来で、今月も麦しか食べられない、ああ帳簿が真っ赤、飛んでった瓦葺《かわらぶ》きなおさないと雨漏《あまも》りして困るけどお金ないのよどうしよう、などと泣いてはいないはずだ。

なぜ血筋正しき紅家の姫がこんなになってしまったのか——?

　どうやら紅家の長子であった秀麗の父、邵可《しょうか》は昔からおっとりした学者肌《がくしゃはだ》の人間だったため、常々一族の宗主にはふさわしくないと囁《ささや》かれていたらしい。すぐ下の弟が有能すぎるほど有能と評判だったこともあり、邵可の父は死に際《ぎわ》、弟のほうを次期宗主とする旨《むね》を伝えた。もともと自分に宗主は向いていないと思っていた邵可は、むしろ喜んでこの遺言を受け入れた。

　ただ、弟が家を継《つ》いだため、長子である邵可の立場は微妙《びみょう》なものとなってしまった。そこで考えた末、彼は妻子を連れて紅州を出ることにしたのである。しかし仮にも紅家の長子を流れ者にするわけにはいかないと、紅一族は紫州に邸《いえ》を建ててやり、朝廷高官の位《くらい》も用意した。そうして邵可はここ紫州に移り、途次《とじ》倒《たお》れていた静蘭を拾って今の邸《やしき》に移り住んだのである。

　朝廷の高官とはいっても、府庫《ふこ》――図書《ずしょ》室――の管理というかなりどうでもいい官で、そういう官位があることとさえ知らない者のほうが多い。そのため財政を管理する戸部《こぶ》もしばしば邵可に禄を取りわけるのを忘れてしまう。また、邵可がそのことで文句を言ったりもしないものだから、何やら禄は年々減っていき、ついには一家総出――とはいえ邵可と秀麗と静蘭の三人――で働かなくてはならない事態にまでなったのである。もっとも邵可はもっぱら府庫にこもって書物に熱中しているため、ほとんど当てにはならず、実質秀麗と静蘭で家計を支えているのが現状であった。

　静蘭は昔を思いだしてちょっとだけ遠い目をした。

（……あの広大な邸の維持費なんてまったく考えもしなかったしな……）

　当初は秀麗も静蘭も比較《ひかく》的楽観していた。別に贅沢《ぜいたく》がしたいわけではない。三人ぶんの食い

扶持《ぶち》を稼《かせ》げばいいだけだから、なんとかなるだろうと。しかし。

あの馬鹿みたいに広い邸《やしき》を住める程度に維持するためには、禄《ろく》の半分以上使わねばならないなどとはまさか思ってもみなかった。しかも禄はどんどん減っていくため、稼がねばならない額は増えていく。規定の禄をしっかりもらってくるよう邵可《しょうか》に厳命しても馬耳東風。出仕して書庫にこもったら最後、雑念はすべてどこかへ消え去ってしまうらしい。

「お嬢様《じょうよう》……お嬢様はよくやってらっしゃいますよ。毎日毎日家事をこなして、道寺《てら》で子供たちに学問を教えて、夕方までほうぼうに働きに出かけて……きっと今日はお嬢様にくだされたお休みなんですよ。それにもう少ししたら私の給金も上がりますから……」

秀麗は勢いよく顔を上げた。みるみるうちにその顔が喜びにほころんでいく。

「それってまた昇進《しょうしん》するってこと？　すごいじゃない静蘭！　よぉし、今夜はご馳走《ちそう》ねっ」

「え？　でも」

「大丈夫！　材料は少ないけど、色々やりようはあるんだから。私の腕《うで》の見せどころよ。見てらっしゃい、あっと驚《おどろ》くおいしいご馳走つくってあげる」

上機嫌《じょうきげん》に歩き出す秀麗を見、静蘭はくすりと笑った。

給金が上がることではなく、昇進するというそのことに喜んでくれる秀麗の心根が、彼は何より嬉しかった。

「朝廷《ちょうてい》三師の――霄太師《しょうたいし》ですってぇっ!?」

客人が誰《だれ》か、言い渋《しぶ》る静蘭を問いつめた結果、出てきた言葉に秀麗は仰天《ぎょうてん》した。思わず開けようとしていた茶っ葉をぶちまけそうになった。――危ない、茶葉代だって馬鹿《ばか》にならないのだ。しかしそれくらい、静蘭の口から出た言葉は衝撃《しょうげき》的だった。

朝廷三師。それは王を訓《おし》え導く師としての官であり、その位階は王に次ぐ。実務に携《たずさ》わることこそないが、まぎれもなく百官の一であり、末席の王族などよりよほど権威《けんい》がある。

しかも霄太師といえば、英主と名高い前《さき》の王を陰《かげ》に日向《ひなた》に支え続けた名宰相《さいしょう》の誉《ほま》れ高き人物である。秀麗にとっては雲の上どころか、伝説の人であった。

「な、な、なんでそんな人が私に会いに来るのよっ!!」

「さあ」

静蘭も皆目見当《かいもく》がつかなかった。彼自身、霄太師から直々に「紅家の姫と話がしたい。取り次ぎを頼《たの》む」などと言われたときは一瞬《いっしゅん》相手が何を言っているのか理解できなかった。そもそも「姫」の単語が秀麗と結びつかなかったし、取り次ぎを頼むも何も静蘭の仕える家には取り次ぐほどの人手がない。大体彼《かれ》の姫は午日中《ひるひなか》に訪ねても稼ぎに出ているため不在だ。

「……そんな人相手に、今あの父様が一人でお相手してるわけ……?」

「……ええ」

「お茶も出さずに」

「……お茶器の場所がわからなかったんですよ」

静蘭は疲《つか》れたように笑い、お茶請《ちゃう》けの饅頭《まんじゅう》を皿に盛った。

庖厨《だいどころ》には盗《ぬす》っ人《と》に荒《あ》らされたあとのように皿や箸《はし》が散乱していた。しかし肝心《かんじん》の茶器はそっくり残っていた。……どうやら茶器を捜《さが》す努力はしたようだがその努力は実らなかったようだ。

旦那《だんな》様に家事能力を期待してはいけない。

「……まあ、お客様がきたからお茶を出そうと思ったその行動は評価してあげてもいいわ。いつもの父様を考えれば上出来だもの」

深い溜息《ためいき》をつきながら、秀麗はすっかり用意がととのった盆《ぼん》をとった。

途端《とたん》、秀麗の動きが変わる。ぴんと背筋が伸《の》び、すべるように歩きだす。その見事に優雅な所作に、いつもながら静蘭は感心する。ここまで完璧《かんぺき》な作法は、宮廷《きゅうてい》の女官でさえそう見られるものではない。

それゆえ静蘭などはいつももったいなく思うのだ。このまま時が過ぎゆくことに。秀麗は街で生涯《しょうがい》を終えるには、あまりに惜しい知識と教養を身につけていたから。

客間についたとき、室《へや》から聞こえてくる談笑《だんしょう》に秀麗は意外そうに眉《まゆ》を上げた。

「……話がはずんでるみたいね。父様に話術の才なんかこれっぽっちもないはずなのに。趣味《しゅみ》

でも合ったのかしら？」

もしくは霄太師が話を合わせてくださっているか……多分、いや絶対、後者だろう。

秀麗《しゅうれい》が表情をひきしめるのと同時に、静蘭が室《へや》に入った。主《あるじ》と客人に向かい、膝《ひざ》をつく。

「――秀麗様、お戻《もど》りになりました」

「おお、そうか」

にこにこと柔和《にゅうわ》な笑《え》みを浮《う》かべて立ち上がった男こそ、この邸《やしき》の主、紅邵可《こうしょうか》である。まだ四十そこそこの彼は髭《ひげ》を生やしておらず、ともすれば三十にも見えてしまうほど若く見える。

「あの……その……お茶の用意は……？」

モジモジと呟《つぶや》く主に、静蘭が思わず笑う。

「お嬢様がもっていらっしゃいますよ。旦那様のお好きな小豆《あずき》のお饅頭もございます」

途端、パッと邵可の顔が輝《かがや》く。

素直《すなお》な反応に静蘭は思わず吹《ふ》きだしかけ、慌《あわ》てて腹に力を入れる。さすがに声を出して笑うのはまずい。ここにいるのは邵可だけではないのだ。

何とか真面目《まじめ》な表情を取り繕《つくろ》うと、静蘭は扉《とびら》をゆっくりとひらいた。

秀麗はすべるように中に入っていくと、もっていた盆をいったん卓子《たくし》の上へと置いた。そして三歩下がり、跪《ひざまず》く。

「――秀麗、ただいま戻りました。霄太師におかれましては、此度《こたび》の私の留守、まことに申し訳なく思っております。長らくお待たせいたしましたこと、深くお詫《わ》び申し上げます。さした

るもてなしもできませんが、どうかごゆるりとおくつろぎくださいませ」

両手を胸の前で組み合わせての、完璧な跪拝《きはい》の礼。

その一挙一動を注意深く見守っていた老君は、ゆっくり頷《うなず》くと腰《こし》を上げた。

「……お立ちなされ、秀麗殿《どの》」

秀麗は顔を上げる。

年月とともに刻まれた皺《しわ》、口許《くちもと》を覆《おお》う長い髭、深い英知をたたえる双《そう》の眸《ひとみ》――ピンと背を伸ばして立つ彼は、まるで年ふりた大樹のようで。秀麗は自然、頭が下がった。

「お会いできて光栄です、霄太師」

「さあ、さあ、挨拶《あいさつ》はもうよいから、卓子へおつきなされ。――静蘭殿もじゃ」

固辞しようとした静蘭の先手を打って霄太師が重々しく告げた。

「静蘭殿にも関係のある話じゃからのう。さ、二人とも卓へおつきなされ」

秀麗と静蘭は思わず顔を見合わせた。……本当に、いったい何の話なのだろう？

「茶を、淹《い》れてくれるかの？　さすがに水ばかりでは腹がちと冷えての」

ちょっと悲しそうに霄太師が腹をさする。ハッと卓上を見た秀麗は次の瞬間蒼白《しゅんかんそうはく》になった。

どうやら父は茶器が見つからなかったかわりに水をそのまま出したらしい。よく見れば床《ゆか》に桶《おけ》がおいてある。ということは井戸《いど》から汲《く》んできて、太師の目の前で直接桶から椀《わん》に汲んで出したのか。馬や牛でもあるまいに――よ、よりによって朝廷百官の長《おさ》になんという振《ふ》る舞《ま》い。

(父様――――――――っっ!!)

秀麗は内心で絶叫《ぜっきょう》したが、邵可はにこにこ笑っている。どうやら「客人をちゃんともてなした」と思って褒《ほ》めてもらいたいらしい。秀麗は沈《しず》む間もなく、慌ててお茶を淹れはじめた。

霄太師はすぐには用件には入らなかった。茶をすすり、ちょいと腕を伸ばしてまぐまぐと饅頭をつまんだりする。そしてほぉっと溜息をついた。

「素晴《すば》らしい一品じゃ。秀麗殿手ずからおつくりになったものと見ゆる」

「あ、はい。……お褒めいただいて光栄です」

饅頭が消えていくのを見ながら、秀麗は内心おおいにヤキモキしていた。話というのを早くしてほしかった。しかし口に出しては別なことを言った。

「もうひとついかがですか？」

お客様に不快な思いをさせてはいけませんよ――今は亡《な》き母の言葉の一つ。決してこちらから何かを求めてはいけません。そのかたが自然と口をひらくまで待ちなさい。そのために精一杯《せいいっぱい》のおもてなしと心遣《こころづか》いをなさい。自分は二の次ですよ。それがお客様をもてなすときの礼儀《れいぎ》。

（はい、母様）

秀麗はゆっくり、丁寧《ていねい》に空《から》になった湯呑《ゆの》みに茶をそそぐ。静蘭もごく何気ない顔で、霄太師の小皿に新たな饅頭を取りわける。

霄太師はちらりと邵可を見る。邵可は視線に気づき、笑みを返した。少し嬉《うれ》しそうに。どうです、いい子たちでしょう？　そう自慢《じまん》する声が聞こえるようだ。

沈黙《ちんもく》は数瞬。霄太師はかるく咳払《せきばら》いすると、湯呑みをおいた。

「――秀麗殿、静蘭殿。……突然《とつぜん》で申し訳ないが、そなたらに頼みがある」

秀麗と静蘭は背筋をただした。

「もしこれを引き受けてくれたなら――謝礼として、これだけ払おうと思うておる」

霄太師はずい、としわくちゃの右手をつきつけた。

いきなり金の話になって、静蘭は目を点にした。しかし秀麗は違《ちが》った。――彼女は一家の貧しい家計をやりくりする主婦であった。綺麗事《きれいごと》など言っていられない。頭のなかに算盤《そろばん》を用意し、すかさず訊《き》いた。

「――いかほどですか。銅五十両？　銅五百両？　……ま、まさか、銀五両、とか」

得意げに笑いながらまだ首を縦に振らない霄太師。秀麗は手のひらに汗《あせ》がにじむのを感じていた。……こ、これは……もしや凄《すご》くおいしい話……!?

ちなみに邵可と静蘭は、二人の異様な雰囲気《ふんいき》にのまれてそろそろと身を退《ひ》いていた。

霄太師はどうだとばかりにくわっと目を見ひらいた。

「――金、五百両、じゃ！」

秀麗の目の色が変わった。信じられない額だった。一家五人が十年楽に暮らしていける――しかしこの無駄《むだ》に広すぎるボロ邸《やしき》の維持《いじ》及《およ》び修繕《しゅうぜん》、そして毎日のちょっとした贅沢《ぜいたく》――つまりお米が食べたいなと思うのならばまさに的確な値段であった。

「やります――!!　なんっってもお任せくださいっっ」

脱《だつ》・麦ご飯、脱・雨の日の桶はこび競走。今の彼女の頭にはそれしかなかった。

「ならば」

霄太師は二言はないかなどと訊いたりはしなかった。あると言われたら困る。

「静蘭殿には一時的に羽林軍《このえ》に特進し、主上付きになっていただく」

ありえないほどの大出世だった。静蘭は耳を疑った。

そして次に霄太師は重々しく秀麗に告げた。

「――秀麗殿、そなたは後宮《こうきゅう》に入って、王の妃《きさき》になってもらいたい」

その瞬間《しゅんかん》の秀麗の顔といったらそれは見物だったと、静蘭はのちに語った。

第二章　お国の裏事情

彩雲国国主・紫劉輝《しりゅうき》（男・十九歳）に関する調書（秀麗筆）。

一、家族事情——母親は幼いころ他界。父親（＝先王。名君！）は八年前に病につき、一年前に崩御《ほうぎょ》。それを受けて彼が半年前に即位《そくい》。末の第六公子であり、上に五人の兄がいたが、そのうち四人は前王の病とともに勃発《ぼっぱつ》した王位争いで（↑迷惑《めいわく》）共倒《ともだお》れ。残りの一人（第二公子）は遥《はる》か昔に流罪《るざい》にされていたため、残った公子に玉座が転がりこむ。いわゆる棚《たな》からボタモチ即位。

二、政事姿勢——やる気なし。興味なし。朝議にも出ず臣下に任せっぱなし。

三、私生活——男色家との噂《うわさ》。毎晩別の侍官《おとこ》と夜を過ごし、午《ひる》はどこかでフラフラしているらしいが何をしているかは不明。今現在（紅貴妃以外《わたし》）一人の妃嬪《おくさん》もなし——。

「……ありえないわ」

秀麗はこの五日でまとめた調書にひくひくと頬《ほお》を引きつらせた。

「……ふ……こんなのがうちの王様だったなんて……」

秀麗は文机《ふづくえ》に突《つ》っ伏《ぷ》したくなった。何度何度何度調べてみてもコレだ。

「……どうりで金五百両も出すわけだわよ……」

秀麗はガケップチの必死の形相で手を握《にぎ》りしめてきた霄太師の顔を思いだした。

『どーかどーか!! 主上をまともな王にしてくだされぇええっっ』

——あの魂《たましい》の叫《さけ》びが耳にこびりついて離《はな》れない。

「……そりゃねー…仕事しないわ男好きだわって…もうへっぽこ国王よこりゃ……」

このままほっといたら下手すりゃ国が沈む。大問題だ。

「よくまあ即位から半年も隠《かく》してたもんだわ。霄太師たちの必死の努力が見えるようだわね」

呆《あき》れ果てて溜息《ためいき》をついたときである。ほと、ほと、と小さな足音が聞こえた。

「——紅貴妃様」

秀麗が慌《あわ》てて料紙を丸めて文机の引き出しにつっこむのと同時に、十三、四ほどの愛らしい少女が扉口《とびら》に立つ。緊張《きんちょう》に震《ふる》えながら少女はぎこちなくひざまずいた。

「花茶を、おもちいたしました」

「ありがとう」

秀麗は優雅《ゆうが》に微笑《びしょう》した。少女は顔を赤らめながらしずしずと歩み寄ってきた。ちらりと彼女

の長い裾《すそ》を見やり、秀麗は内心嫌《いや》な予感がした。そして次の瞬間、それは見事に現実となった。

あまりの緊張に、少女は思いっきり裾を踏《ふ》んで蹴《け》つまずいたのだ。とっさに茶碗《ちゃわん》は避《よ》けたが、半分くらいは肩《かた》にかかった。しかし秀麗は気にせず、倒れこむ少女を抱《だ》きとめた。

「大丈夫《だいじょうぶ》――でしたか？」

やわらかい言葉に少女は頷《うなず》きかけ、みるみるうちに青くなった。何をしでかしたのか自覚した途端《とたん》、ガクガクと震えてその場にへたりこんだ。

「わ、私……私紅貴妃様になんてことを……！」

今にも簪《かんざし》を抜《ぬ》いて喉《のど》を突きそうな勢いであった。秀麗は内心ぎょっとしながらも、表面上は「深窓の姫君《ひめぎみ》」の仮面を外さずなだめにかかった。

「香鈴《こうりん》、落ち着きなさい。わたくしは大丈夫ですから」

「私……私」

「――何事ですか」

茶碗の割れる盛大《せいだい》な音を聞きつけて入ってきた背の高い女官に、秀麗はホッとした。

「珠翠《しゅすい》」
二十七、八ほどの凜《りん》とした顔立ちの女官は、一目で状況《じょうきょう》を見て取った。すぐに秀麗に心配そうな視線を向ける。
「秀麗様、お怪我《けが》などは」

「ありません。衣《きぬ》にかかっただけですから」

秀麗は香鈴の泣きじゃくる背をなでながら、必死に瞬《まばた》きをして合図を送った。

「香鈴をとがめずに。落ち着かせてあげてくださいませ」

「──わかりました。香鈴、おいでなさい」

珠翠ののべた手につかまり、震えて泣きながら立った香鈴は、蒼白《そうはく》な顔で秀麗を見た。秀麗は安心させるように笑《え》みを浮《う》かべた。

「──涙《なみだ》がおさまりましたら、また花茶をもってきてくれますか？　香鈴」

香鈴はその意味を知ると、ますますぼろぼろと涙をこぼし、そして何度も頷いたのだった。

一人になると、秀麗はどっと長椅子《ながいす》に倒《たお》れこんだ。疲《つか》れたように天を仰《あお》いで息を吐《は》く。茶がかかった肩は冷たくなりはじめ、秀麗はなにかぬぐうものを探して首をめぐらせた。ちょうどそのとき珠翠が戻《もど》ってきた。手には手巾《てぬぐい》をもっている。

「香鈴、どう？」

「落ち着いてきましたよ。あなたに一生ついていくって泣いてました」

額をおさえた秀麗に、珠翠は苦笑《くしょう》しながら布を差し出した。

「後宮でのあなたの人気は鰻《うなぎ》のぼりですが──お疲れのようですね？　秀麗様」

「……お疲れですわよ……」

秀麗は盛大に溜息をつきながら差し出された布を受けとった。ああ、なんて見事な刺繍《ししゅう》。この布一枚で一ヶ月は食べていけそうなのに。ここでは単なる雑巾《ぞうきん》がわり。

「まったく、私が貴妃なんて今でも冗談《じょうだん》みたいだわ。本当は香鈴のほうがずーっとお嬢《じょう》様で、

うちよりずーっとお金持ちでしょうに。人のなかに案山子《かかし》が混じってるようなもんよね」

「何をおっしゃいます。家柄《いえがら》と血筋では香鈴など足下《あしもと》にも及《およ》びませんよ。国でも一、二を争う名門中の名門、紅家直系の姫であらせられるのですから」

霄太師の内々の意を受けて秀麗付きとなった珠翠は、後宮のなかでただ一人、秀麗の素性《すじょう》とその特異な事情を知る人間でもある。彼女はにっこりと笑った。

「家格、血筋、教養、知識、礼儀《れいぎ》作法、どれをとっても最高位の妻《つま》となるのになんら不足はございません。後宮の筆頭女官である私が保証するのですから、確かですよ」

世渡《よわた》り下手で貧乏《びんぼう》ではあるが家柄と教養だけはしっかりあった両親に――特に母親に――叩《たた》きこまれた礼儀作法は完璧《かんぺき》だ。後宮の筆頭女官である珠翠にさえ「針より重いものをもったことのない見事な深窓のお嬢様ぶりです」と目を瞠《みは》らしめたその演技は筋金入りである。

（……ふっ……なんてったって、家計がかかってたもの）

賃仕事でいちばん割がよくてもうかる仕事といえばお金持ちの家での臨時侍女《じじょ》仕事。宴会《えんかい》等で駆《か》りだされ、たいてい一日で終わる上、報酬《ほうしゅう》がとびきりいい。しかしそこは体面を重んじるお金持ち。臨時とはいえ作法はうるさい。しかし秀麗はそれを見事にこなすことで、今や秀麗個人に仕事が入ってくるまでになった。作法も金になるのだ。ありがとう母様。

「それに、お父上は府庫の主殿《あるじどの》なのでしょう？　高官とはいっても政事《まつりごと》に関《かか》わる立場ではありませんし、貴妃《きひ》の位を盾《たて》にとって政治的利用をしようとなさるご親族も、その、いらっしゃらないのでしょう？　秀麗様も自由に動けますし、政事に影響《えいきょう》もなく、周囲の思惑《おもわく》も考えなくて

すみます。主上の、…ご教育係として、理想的な貴妃ではありませんか」

「……同じこと、霄太師にもいわれたわ」

そしてかの老人はさめざめと泣いた。

『もうもうそなたしかおらんのじゃぁああっ。邵可殿《どの》に話を聞いてこれはと思うた。街で色々調べてそなたしかおらんと思った。ただの深窓の姫じゃ駄目《だめ》なのじゃっ！ 市井《しせい》を知り、知識と教養高く、行動力もあり、そして何にも惑《まど》わされずに王のことを考えてくれる人でなければ』

褒《ほ》めつつも断ったら死んでやる、という勢いだった。

「まあ、期限つき、報酬つき、衣食住きっちり保証、男色家だから夜の心配もなし、それに仕事内容は教育係兼根性《けんこんじょう》叩き直し係みたいな感じだし……」

秀麗はよくよく考えた結果、そう悪くもない話なのではなかろうかと思い直した。つまりはちょっと変わった長期の賃仕事を請け負《う》うと考えればいい（とむりやり思いこむことにした）。

それに秀麗は王に対して色々思うこともあった。だからこの無茶苦茶な頼《たの》みを引き受けた。

「引き受けたからには、しっかりやるけどね」

男色家はどうしようもないが、政事に目を向けさせることならできるはずだ。

それこそが、秀麗の後宮での仕事。

「……さて、どうやって王にお会いしようかしらね」

後宮にきて五日。いまだ王からは何の音沙汰《おとさた》もなかった。

秀麗は頰杖《ほおづえ》をついて、軽く溜息をついたのだった。

「——五日じゃ」

宮城の一室で、霄太師は手のひらをずいと同僚《どうりょう》の二人に向けた。

「やはり、主上は秀麗殿のもとへ通っておらんらしい」

「会えねば話にならんな」

いかめしい顔で鼻を鳴らしたのは、朝廷《ちょうてい》三師の一人、宋太傅《そうたいふ》。

「まあ……それも無理もないが……」

好々爺《こうこうや》の面に困ったような表情を浮かべるのは、やはり朝廷三師の一人、茶《さ》太保《たいほ》である。

実務にたずさわらない名誉《めいよ》職とはいえ、かつて先王のもとでそれぞれ辣腕《らつわん》をふるった重臣中の重臣の三人だ。その影響力はいまだ大きく、実質彼らが朝廷百官の長といって過言ではない。

「これではいかん。ここはひとつ、わしら老骨が骨を折ろうではないか！」

霄太師の言葉に、他《ほか》の二人は眉《まゆ》を寄せた。——老骨が骨を折るとは、何ともイヤな表現だ。

霄太師はいそいそと紙と筆をとりだした。

「とりあえず一度会えば、あとは秀麗殿がなんとかしてくれるはずじゃ。しかしあのふらふらしておる王をつかまえるのは秀麗殿とて一苦労じゃろう」

「まあ、確かにな」

「主上から会いに行くというのも……あまり見込めそうにないし……」

「じゃろう? ならばわしらでなんとか、運命の出会いを用意するのじゃ」

またまた二人の老臣の眉が寄る。――運命の出会い?

どこがいいかのう、と首を傾《かし》げ、霄太師は紙の上に筆をすべらせる。

「――よし、ここはひとつ、梅林の下で梅茶と梅饅頭《まんじゅう》で茶会というのはどうじゃ!?」

「馬鹿《ばか》か!」

霄太師の手から筆をもぎとった宋太傅は、梅林、梅茶、梅饅頭の文字に大きくバツを書いた。

「それのどこが運命の出会いだ。そこらの老人会と変わらんだろうが!」

茶太保も呆《あき》れたように首を振《ふ》った。

「まったくだ。おまえはその歳《とし》まで独り身だから、若い男女の求める運命の雰囲気《ふんいき》というものがわからんのだよ、霄。まったくだめだめだ。ここはやはり劇的な感じで」

……こうして朝廷を束ねる老臣たちの論議は明け方まで展開された。

あまりの白熱ぶりに、女官たちもお茶を運ぶのを控《ひか》えるほどだった。しかしその論議の中身が「運命の出会い」であったことなど、誰一人《だれひとり》として知る由《よし》もなかったのだった。

●❋●❋●

翌日の朝早く、秀麗《しゅうれい》はつくりすぎた饅頭をもって府庫に向かっていた。

秀麗は何か物事を考えるとき、よく別な作業をする。ただぼーっと考えているより、考えな

がら仕事をしてたほうが無駄《むだ》も省け、内職ならさらに金も稼《かせ》げて一石三鳥、というのが彼女の持論だった。しかし後宮では内職どころか仕事もあるわけがない。そこで気分転換《てんかん》兼思索《しさく》の時間として、昨夜珠翠に手引きさせ、こっそり厨房《ちゅうぼう》に忍《しの》びこんで饅頭をつくっていたのだ。そして考えにふけりすぎてついついつくりすぎてしまった。

（……まあ、余ることはないだろうから、いっか）

娘《むすめ》にも甘い物にも目がない父・邵可だが、特に秀麗の手作り饅頭はいつも喜んで職場へ持っていく。時々多めに頼まれたりするから、知り合いの役人に菓子《かし》好きがいるのかもしれない。

「あら、今日は珍《めずら》しく誰《だれ》もいないのね」

秀麗は府庫をのぞきこみ、無人を確認《かくにん》するとちょっと目を丸くした。

府庫は内朝寄りとはいえ、れっきとした外朝部分にある。本来なら後宮の——しかも貴妃である秀麗がふらふらとやってくるなど言語道断なのだが、秀麗の父は府庫の主。事前に人の少ない時間帯と経路を抜《ぬ》かりなく教えてもらっていた。

朝は公務と重なっているせいか、邵可以外ほとんど人はおらず、午前中を父と一緒《いっしょ》にのんびり過ごすのが秀麗の日課になっていた。しかし今日はその父まで見あたらない。もっとも、姿が見えないだけで、どこかの個室で本に埋《う》もれているのかもしれないが。

（……愛《いと》しの本がこーんなにあるんだものね。そりゃ私だって喜《よろこ》んで現世《うつしよ》を捨てるわ）

禄《おカネ》まできれいサッパリ忘れる気持ちが、ここにきて秀麗にもよっく理解できてしまった。

とりあえずお茶の用意をしようと、茶器を用意し、湯を沸《わ》かす。

今日は果物《くだもの》の香《かお》りのするお茶だ。茶筒《ちゃづつ》をあけかけたとき、ふと外から漂《ただよ》ってくる桜の香りに気づいて秀麗は顔をあげた。

早咲《はやざ》きの桜が咲いているのだ。

手にした茶筒を茶器といっしょに手頃《てごろ》な籠《かご》へ入れると、それを提《さ》げて秀麗は府庫を出た。

＊

「あー、暇《ひま》だねぇ、絳攸《こうゆう》」

府庫にある個室の一つで、藍楸瑛《らんしゅうえい》は頬杖をつきながら庭院《にわ》を見ていた。

名前を呼ばれた対面の李《り》絳攸は、その言葉にぴくりと反応したが、何も言わなかった。ひんやりとした無表情のまま書物の頁をめくる。

友人の不機嫌《ふきげん》を承知で、楸瑛はつづけた。

「私はもともと主上の警護が役目だからいいけど、君は霄太師の要請《ようせい》で主上付きにむりやり異動させられたのにまだ王に会えないんだろ？」

ぴくぴくっと絳攸のこめかみに青筋が浮《う》かび上がる。

「やることなし、居場所なし、仕事ナシ。でも出仕はしなくちゃならないなんて、上司の嫌《いや》がらせとしか思えないよねぇ。お互《たが》い、文官武官で若手随一《ずいいち》の出世街道驀進《かいどうばくしん》してたはずなのに、まさか窓際官吏《まどぎわかんり》みたいになる日がくるなんて、思ってもみなかったね」

楸瑛の軽口に、ぷるぷると絳攸の手が震《ふる》えはじめる。爆発《ばくはつ》秒読み開始――つきあいの長い楸瑛は内心でそう判断を下した。朝廷随一《ずいいち》の才人と名高く、自称《じしょう》「鉄壁《てっぺき》の理性」のこの友人が実はたいへんな短気であることを知っている者は少ない。その数少ない一人である楸瑛は、たまに自分が「瓦斯《がす》抜き」をしてやらねば、と思っていた。それに近頃娯楽《ごらく》が少ないのだ。この生《き》真面目《まじめ》な友人をからかうのは、楸瑛にとってそのへんの娯楽よりも数倍楽しいことだった。

「史上最年少で国試に首席合格して出世街道突《つ》っ走って、この間まで吏部《りぶ》の第一線でバリバリ働いていた君が、今は毎日毎日やることなくて府庫で読書なんて、いやあ、朝廷も平和というか、度量が広いというか。主上付きって、ていのいい左遷《させん》なんじゃないかと思えてくるよね」

「――その無駄にまわる口を閉じろっっ!!」

怒声《どせい》と同時に指四本ぶんの厚さの本が素晴《すば》らしい速さで飛んだ。しかし楸瑛はなんなくかわして片手で受け止め、ひゅっと口笛を吹《ふ》く。

「素晴らしい。君、羽林《うりん》軍でも充分《じゅうぶん》やっていけるよ。どう、文官やめて武官にならない？」

「――あのクソバカ王の近衛《このえ》なんざ死んでも御免《ごめん》だっ」

絳攸は卓子《たくし》をぶっ叩《たた》いて怒鳴《どな》りつけた。

「だいたいなんで貴様がここにいるっ！　目障《めざわ》りだ。とっととどっかへ失《う》せろ！」

「おお、親友になんという言い草」

誰が親友だッ！　という絳攸の怒鳴り声も、楸瑛はどこ吹く風である。

「だってねぇ、私も主上付きの近衛だけど、肝心の王の居場所がわからないんだからね。君同

様暇なんだ」

「暇つぶしならどっかほかへ行けっ」

君のそばにいるほどいい暇つぶしはないんだが、とは楸瑛の内心の呟《つぶや》き。

「――ひと月か」

「ひと月以上だっ！　この俺が、なんっっにもしてないんだぞ!!」

「まあまあ、君の上司殿《どの》が休暇《きゅうか》をくださったんだと思えば」

「あの人がそんなタマか！　嫌がらせに決まってるっ」

あれほどイヤだと言ったのに、彼の上司は穏《おだ》やかな笑顔《えがお》であっさりと言ったのだ。

――絳攸？　この私が決めたことなんだ。嫌だなんて言えると思っているのか？

「『何事も経験だ、しっかりやってきたまえ』……ってそもそもあの昏君《バカ》に会うことすらできんのに何が経験だ――――っ!!」

「吏部尚書《りぶしょうしょ》にも、面と向かってそう言えたらよかったのにねぇ」

楸瑛の言葉に、絳攸はぐっとつまった。――そう、絳攸は自分の上司にはとことん弱かった。外面《ソトヅラ》と違《ちが》って何とも性格の悪い上司であったが、モロモロの事情もあって絳攸は彼に対してもはや雛鳥《ひなどり》のすり込み状態のようになっていた。いざというとき絶対負けるのだ。ゆえに絳攸は今回も敗北し、上司の気まぐれで霄太師に貸し出されることになったのである。

その結果が、この有様だ。

「まあまあ、霄太師もちゃんと対策たてたみたいじゃないか」

「——王に嫁《よめ》を与《あた》えることがか！」

猫《ねこ》なら全身の毛を逆立てているだろう剣幕《けんまく》に、楸瑛はやれやれと溜息《ためいき》をついた。

「君の女性嫌《ぎら》いは相も変わらず根深いねぇ。私と張るその恵《めぐ》まれた容貌《かお》、有効活用しないんならぜひ取り替《か》えてくれって男は山ほどいるだろうに、もったいない。君、人生半分損してるよ」

「おお、俺だって取り替えられるもんなら取り替えたいわ！　女なんぞと関《かか》わってろくなことがあった例《ためし》がない！　お前が何だって女と関わりたがるのかまったく理解不能だなっ‼」

「女性と過ごす夜の楽しさを知らない方が、よっぽど損してると思うけどね」

ふと半蔀《はじとみ》から外に目を向けた楸瑛は眉《まゆ》を上げた。——何やら知った顔が回廊《かいろう》を走ってくる。

「——おや、あれは」

「いいか楸瑛ッ‼　女というやつは狐狸《こり》妖怪《ようかい》以上に厄介《やっかい》——……なんだ、羽林軍《このえ》の配下か？」

「ああ、左羽林《さうりん》軍にこの間異例の特進をして入ってきた男でね」

楸瑛は面白《おもしろ》そうに笑った。彼は左羽林軍で大将軍に次ぐ将軍職を拝命している。二十四歳という若さではそれこそ異例の出世だったが、楸瑛は別になんとも思っていない。

「それがまあ、ずいぶんと腕《うで》が立つんだよ。なんで今まであんな下《した》っ端《ぱ》武官だったのかわからないね。名前は茈《し》静蘭というんだが——」

——茈、静蘭。

絳攸の眉が寄った。どこかで聞いたような名だ。

「霄太師の推薦《すいせん》でね、それによると彼は新しくきた貴妃《きひ》の家人《かじん》だっていうから、こないだくっ

ついて紅貴妃にも挨拶《あいさつ》に行ってきたんだが」

絳攸は目を剝《む》いた。楸瑛の日頃の素行を思い出し、思わず胸《むな》ぐらをつかみあげる。

「——貴様、まさかと思うがもう手を出してきたんじゃなかろうな⁉」

「ははは、邵可様の娘じゃなかったら、考えたかもしれないけどねぇ」

「邵可様の……⁉」

「そう、君の尊敬する数少ない人物のお嬢《じょう》さんだ」

楸瑛はにっこりと笑った。

「なかなか興味深い女性だったよ。及第点《きゅうだいてん》あげてもいいかなって思ったね」


(と、届かない……)

秀麗は手近な桜の枝に向かって蛙《かえる》よろしくぴょこぴょこ飛び跳《は》ねていた。しかし届きそうで届かない。手に触《ふ》れそうなところに花があるだけに、よけい悔《くや》しい。

何度も失敗して、それでも半ば意地で手を伸《の》ばそうとしたときだった。

「——これがほしいのか？」

すぐうしろで若い男の声がした。誰《だれ》もいないと思っていた秀麗は口から魂魄《こんぱく》が飛び出たかと思うくらい仰天《ぎょうてん》した。反射的に振《ふ》り返りかけたそのとき、強い風が吹いた。

突然《とつぜん》の強風に、秀麗は思わず目を閉じた。ざあっと、葉がこすれあう音がする。まとめていた髪《かみ》が舞《ま》い上がり、かわって悪戯《いたずら》な風に吹き散らされた桜が雪のように降ってきた。

夢のような光景だったが、まだ五分咲《ごぶざ》きだったたから秀麗はもったいなく思った。そしてハッと背後の謎《なぞ》の人物を思いだす。

振り向いた秀麗は目を丸くした。驚《おどろ》くほど整った目鼻立ちの男だった。背も高く、秀麗は初めて静蘭と張る美青年を見たと思った。

……しかし宮廷《きゅうてい》の官人にしては妙《みょう》に砕《くだ》けた装《よそお》いだった。髪も結《ゆ》わえずただ束ねているだけ、そのくせ帯まで一級品だわ、とすかさず値踏《ねぶ》みしてしまう自分が悲しい。

誰かしら？　そう思いつつも、男の手に桜の小枝が握《にぎ》られているのに気づき、秀麗は思わず声を上げた。

「お、折っちゃったの⁉」

「……折るつもりはなかったのだが、突風《とっぷう》に驚いて思わず……」

男は小枝と秀麗を見比べると、困ったように桜を差し出した。

「……いるか？」

「花びらをね、お茶に浮《う》かべようと思ったのよ」

秀麗は苦笑《くしょう》した。庭先に持ち出した茶器入りの籠《かご》を手早くあけながら、手折《たお》られた枝を見る。

「でも、ありがとう。とってもきれい。室《へや》に大事に飾《かざ》るわね」

満面の笑みに、男は目を瞬《またた》いた。それから戸惑《とまど》ったように、そわ、と視線をさまよわせる。

秀麗はそそいだお茶に桜を浮かべた。同じく籠に入れてきた饅頭《まんじゅう》を懐紙《かいし》に載《の》せる。

「はい、お茶とお饅頭をどうぞ」

こくりと頷《うなず》くと、男は饅頭をひとつ取っておもむろにほおばった。もぐもぐと口を動かすこと数拍《はく》――男の目が丸くなった。饅頭と秀麗を交互《こうご》に見比べ、訊《たず》ねる。

「……そなた、邵可の娘《むすめ》か？」

「え？　ええ。なんでわかったの？」

「邵可がよくもってくる手づくり饅頭と同じ味がする」

秀麗は驚いた。――じゃあ、時々多めに頼《たの》まれる饅頭は彼のためだったのかしら？

「余《よ》…私のいちばん好きな饅頭だ」

ぽつりと呟かれた素直《すなお》な讃辞《さんじ》に、秀麗は笑った。褒《ほ》められて悪い気はしない。

「ありがとう。私は紅秀麗。あなたのお名前は？」

「……名前？」

「名無しじゃ、呼べないでしょ？」

男は沈黙《ちんもく》した。何か思いもかけぬことを訊《き》かれたというように顎《あご》に手をやる。ややあって、かなり小さく彼は呟いた。

「……ら、藍《らん》……」

「藍家のかた？」

「……そう――藍……楸瑛という」

秀麗は目が点になった。……………藍楸瑛？

それはなんだかずいぶん最近に聞いた名だった。聞いたどころか本人にも会った。

『――あなたが紅貴妃であらせられますか？』

静蘭が連れてきた（むりやりついてきたという感じだったが）上官だという青年は、ひどく印象的な――色々な意味で忘れることのできない人だった。

にこにこと笑い、丁寧《ていねい》な態度を崩《くず》さなかったけれど、最後まで跪《ひざまず》くことをしなかった青年。美しいけれど人に馴《な》れない野生の獣《けもの》に値踏みされているかのような心地《ここち》がした。優雅《ゆうが》な微笑《びしょう》を浮かべながらひやりときわどい質問をする彼に、答えるのが精一杯《せいいっぱい》だったのを覚えている。

そんな印象的な男を忘れるはずもない。秀麗は頬杖《ほおづえ》をついて、もう一人の〝藍楸瑛〟を見た。

「ふーん……藍楸瑛さんね」

男は視線を合わせず、饅頭を食べながらぼそぼそと話題を変えた。

「……なぜ、邵可の娘がこんなところにいるのだ？」

うっと秀麗は言葉に詰《つ》まった。

「……えーと、後宮に…宮仕えに……」

「宮仕え？　邵可は何も言ってなかったが」

「べ、別に言うほどのことでもないと思ったんじゃないかしら」

　今度は秀麗が冷や汗《あせ》をかく番だった。女官ならばまだしも、妃の位を与《あた》えられている女性が供も連れずふらふらと外朝まで出てきているのは非常識の極《きわ》みだ。馬鹿《ばか》正直に貴妃なんですなんて言えるはずもない。

「邵可の、娘……か」

　男はなぜかじっと秀麗を見た。けれど秀麗は桜を見ていたので、その視線に気づかなかった。

「……桜、きれいに咲《さ》いたわね」

　目を細めて桜を見つめるその表情《かお》は、嬉《うれ》しそうで、でもどこか悲しそうな、不思議なもの。

　その横顔につと指が伸ばされる。

「え？　え――何」

　男の指が秀麗の髪にからまる。こめかみのあたりに男のしなやかな指がふれていき、秀麗は反射的に赤くなった。

　離《はな》れたあと、男の指先には桜の花びらが乗っていた。――なんだ。

「好きなのか？　嫌《きら》いなのか？」

　ぽつりと訊かれる。何のことかと秀麗は目を見ひらいた。男の視線が桜の樹《き》に注がれるのに気づいて、ああ、と頷く。

「……桜は好きよ。とっても好き。でもね、うちのはもう咲かないから、ちょっとだけ……感傷的になっちゃうのかなぁ」

「咲かない……？」

「ええ。まあ、桜…だけじゃないんだけど」

秀麗はそれ以上は言わなかった。男が六個目の饅頭に手を伸ばすのを見たからだ。ぎょっとしてすかさずその手をぺしりと叩《たた》いた。

「もう駄目《だめ》っ。何個食べるつもりなの！　六個目よ六個目。ちゃんと朝ご飯食べたんでしょ？いま包んであげるから、とっときなさい」

男は素直に手をひっこめると、優《やさ》しく叩かれた手の甲《こう》を見る。

「え、もしかして、痛い？」

じっと自分の手の甲を見つづける男に、秀麗は慌《あわ》てて訊いた。

「いや。……びっくりした」

残りの饅頭を包みながら、秀麗はちらっと男を見た。――男の表情は、あまり動かなかった。無表情なわけでも、冷たい感じがするわけでもないのだが、どこか、遠くを見ているような。

不思議な人、と秀麗は心の中で呟《つぶや》いた。

男は真面目《まじめ》に秀麗を見た。

「でも、朝ご飯は食べてないのだ。もうひとつ饅頭をくれ」

ええ？　と秀麗は目を丸くした。

「駄目よ、朝ご飯はしっかり食べなきゃ！　お腹空《なかす》くくらい情けないことってないんだから」

秀麗はこれだけね、と言って包みから饅頭を一つ取りわけた。

「ほら、お茶も飲むの。甘いお饅頭ばかりじゃ、あとで気持ち悪くなるわよ」

そそがれた桜の花《はな》びらの浮く香《かお》り高い茶に、男は目をすがめた。素直にすすって、呟く。

「邵可が淹《い》れるといつも苦いばかりなのだが、こういう味だったのか」

秀麗は脱力《だつりょく》した。あの殺人的に苦い「父茶《ちちちゃ》」を見舞《みま》われていたとは何たる不運な男。

「……ごめんなさい。父様に家事能力は期待しないで。でも、あなたあの苦いお茶、知ってていつも飲んでくれたのね？　嬉しいわ。……ありがとう」

その笑《え》みをどう受け止めていいのかわからないというように、男は視線をそらした。

「それにしても、口の周りに粒餡《つぶあん》くっつけてなんだか子供みたいな人ね」

秀麗はくすくす笑いながらひょいと手を伸《の》ばして小豆《あずき》粒をとってやった。

「それにまあ、ぽろぽろこぼして」

「私はもう十九だ。子供ではない」

「あら、そうなの？　主上と同じ歳《とし》なのね」

〝藍楸瑛〟の視線が再び泳ぐ。秀麗は試《ため》すように言ってみた。

「……どうしたら会えるのかしらねー……」

男は眉《まゆ》を寄せた。

「……王に会いたいのか？」

「ええ」

「……会って、どうするのだ？」

「……まあ、色々と」

——これではダメだ、と秀麗は思った。お互《たが》い隠《かく》していることが多すぎる。

「……私、そろそろ戻《もど》るわね。あんまり長居もできないから。父様もいないみたいだし」

溜息《ためいき》をつきつつ立ち上がった秀麗の手首を、男がつかんだ。

「な——何？」

「いや……」

問われた方も、なぜ自分が手を伸ばしたのかよくわかっていないようだった。思わずつかんだ細い手首と、秀麗の顔とを交互《こうご》に眺《なが》めながら、男はためらいがちに呟いた。

「……私は、王をよく知っている。言いたいことがあるなら、伝えてやる」

●❋●❋●

「——やあ、静蘭」

王を捜《さが》して府庫にやってきた静蘭は、いくつもある扉《とびら》の一つからひょっこり顔を出した上官を見てぎょっとした。

「ら、藍左《さ》将軍っ⁉」

「ちょーっとおいで」

有無《うむ》を言わさず室に引っ張り込まれた静蘭は、もう一人の青年を認めて目を見ひらいた。文官の——それもかなり高位の珮玉《はいぎょく》を身につけた青年。

「絳攸とは初対面だね。彼は私の旧友で李絳攸というんだ。吏部《りぶ》に在籍《ざいせき》してる」

「誰《だれ》が旧友だっ！　貴様なんぞ腐《くさ》れ縁《えん》で充分《じゅうぶん》だ！」

すかさず眉をつり上げた絳攸を、静蘭は驚《おどろ》きのまなざしで見た。

「もしや——李侍郎《りじろう》ですか⁉」

「おや、さすが絳攸、有名人だねぇ」

——李絳攸。合格するのさえ難しい国試に史上最年少十六歳で首席の状元及第《じょうげんきゅうだい》。官吏になった途端《とたん》、頭角を現してどんどん出世し、二十二歳の今では中央官庁の一つ、吏部の副大臣ともいうべき侍郎を拝命。ゆくゆくは史上最年少の宰相《さいしょう》になるとまで言われている、朝廷随一《ちょうていずいいち》の才人と誉《ほま》れ高き青年だ。知らないはずがない。

「しかし、午前中は吏部で公務があるのでは……？　なぜ府庫にいらっしゃるんですか？」

何の気なしに訊《き》いた静蘭だったが、その途端絳攸のこめかみに青筋が浮《う》いた。楸瑛は思わず吹《ふ》きだした。

「——その公務のためにだな、聞きたいことがある」

自称「鉄壁《てつぺき》の理性」絳攸は、その称号《しょうごう》にかけてなんとか怒《いか》りを抑《おさ》え込んだ。

「君は、紅貴妃《きひ》の家人だそうだな？」

「え？　あ——は、はい……」

静蘭は極秘事項《ごくひじこう》をあっさり漏《も》らした上官を恨《うら》めしげに見やった。しかし楸瑛は素知らぬ顔をしている。

「──彼女が邵可様の娘《むすめ》というのは本当か？」

「はい。旦那《だんな》様をご存じなんですか？」

位しか高くない閑職《かんしょく》の邵可を、まさか朝廷随一の才人が知っているとは思わなかった。

「邵可様には府庫や……そのほか色々お世話になっているからな。……で、だ。その新しくきた貴妃のことだが」

そのとき、庭院を見ていた楸瑛がおや、と声を上げた。

「──ちょっと絳攸、見てごらん。君がひと月以上会えなかった人がいるよ」

絳攸は勢いよく振《ふ》り返った。窓枠《まどわく》を握《にぎ》りつぶしそうな勢いで手をつく。

「あれかっ！　朝議にも出ず、こんなところにいやがったのかあのバカ王はっ」

激昂《げっこう》する絳攸の隣《となり》で、やや意外そうに楸瑛の眉があがる。

「どういう風の吹き回しかな。男色家と名高い王が女性連れで──って、あれ、あの娘《こ》は」

「お、……お嬢《じょう》様っ⁉」

静蘭の言葉に、絳攸はびしっと固まったのだった。

●　✻　●　✻　●

ごめんなさい、と秀麗は言った。

「そんなに長く府庫《こ　こ》にいるわけにはいかないの。でも、父様以外にお茶友だちができるのは大《だい》

歓迎《かんげい》よ。静蘭もこのごろ忙しいみたいだし。……私、だいたいいつも今頃《いまごろ》の時間に府庫にくるから、あなたが今日みたいにお暇《ひま》なら、また一緒《いっしょ》にお茶しましょう」

「……王に、何か用があるのではないのか？」

「ええ、あるわ。でもそれは私が直接伝えないと意味のないことなの」

「…………」

「あなたは、いつも今の時間はお暇なの？」

「ああ」

瞬間《しゅんかん》、秀麗の目がきらりと輝《かがや》いたが、男はそれに気づかなかった。

「そう。それじゃ、また明日ね」

素知らぬ風で踵《きびす》を返した秀麗のあとを、なぜか男がついてくる。秀麗は振り返った。

「な、何？」

「……室まで、送っていく」

秀麗はぎょっとした。このまま貴妃の室までついてこられてはいささか困る。

「室までは一人で帰れるから、大丈夫《だいじょうぶ》よ」

やわらかな拒絶《きょぜつ》を受け、男は一瞬《いっしゅん》、その端整《たんせい》な顔には不似合いな、捨てられた仔犬《こいぬ》のような表情を浮かべた。けれどやがてあきらめたように素直《すなお》に頷《うなず》いたのだった。

「むぅ……」

繁《しげ》みに頭を半分突《つ》っ込んで一連の様子をのぞいていた霄太師は、二人の様子をうかがって口をとがらせた。

「……すでに出会ってしまったか……せっかく〝運命の出会い〟を色々考えたのにのう」

「梅茶と梅饅頭《まんじゅう》とか言ってたやつが何を言う。考えたのはわしと茶《さ》のやつじゃないか」

「……宋、お前だって〝剣稽古《けんげいこ》の鑑賞《かんしょう》でさりげなく〟案を、最後まで譲《ゆず》らなかったではないか」

茶太保が梅茶をすすりつつぼやいた。宋太傅《たいふ》はぐっと詰《つ》まって梅饅頭を口に放《ほう》り込む。

「見てるだけで興奮するだろうが。そこで出会えばこう、胸の高鳴りを恋《こい》と錯覚《さっかく》してだな――」

宋太傅は前王の筆頭武官として数々の武功を立てた歴戦の武将であった。

「それはお前だけじゃこの剣術馬鹿《ばか》」

「梅茶梅饅頭に言われたかないわこのくそじじい！」

「お前だってじじいだろうが！　だいたい梅饅頭くっときながら何を言う！」

「心配せんでもどっちもくそじじいだ」

茶太保がさらりとひどいことを言う。そっぽを向いた宋太傅が不意に低く呟《つぶや》いた。

「李絳攸と藍楸瑛がいるな。あと……あれは新しく入ってきた武官か」

「お、さすが宋、目がいいのう。秀麗殿《どの》の家人で、わしが一緒に羽林軍に特進させた」

自慢《じまん》げな霄太師を宋太傅は無視した。

「絳攸が王の首を絞《し》めかねない勢いで見ておるぞ。……楸瑛は相変わらずいい加減な態度だな」

「……あの二人を主上のそばにつけた、その甲斐《かい》は、あるのか？　霄」

梅茶をあおる茶太保に、霄太師は「さあのう」とのんきな返事をした。

宋太傅は腰《こし》に佩《は》いた剣に目を落とす。その鍔《つば》に彫《ほ》られているのは見事な沈丁花《じんちょうげ》の花紋《かもん》。

「……〝花〟を――与《あた》えるかどうか、だな」

「今のままじゃ、たとえ主上がお渡《わた》しになっても、笑って『いりません』と言うじゃろうなあ」

「と、いうか、そもそも渡さんだろう。二人を近づけもせんのだからな」

眉《まゆ》を寄せる宋太傅に、茶太保も困ったように溜息《ためいき》をつく。

「おかげで絳攸殿はかんかんだ。むりやり引き抜《ぬ》いてきたというのに日干し状態だからな。霄、お前いつか絶対絳攸殿に刺《さ》されるぞ」

「ははははは。今さらこわっぱ一人の恨みが増えたってなんじゃい」

冷たい視線をそそぐ同僚《どうりょう》たちに呵々大笑《かかたいしょう》すると、霄太師は意味ありげに口の端《はし》を釣《つ》り上げた。

「――まあ、秀麗殿のお手並み拝見といこうではないか」

・❋・❋・

翌日から、秀麗と〝藍楸瑛〟は毎日府庫でお茶するようになった。

朝の早い時間だったが、男はいつも府庫へ先にきていた。秀麗がくると、どこからかひょっ

こり姿を現し、ほてほてと寄ってくるのだ。秀麗は図体《ずうたい》のでかい仔犬になつかれたような気分になった。男の表情は相変わらずあまり動かなかったが、秀麗がもってくる手づくり菓子《かし》を見るといかにも嬉《うれ》しそうな様子になるので、なおさらだった。

府庫の主である邵可は、二人が一緒にいるのを見て驚《おどろ》いた様子だったが、何も言わず、いつもにこにこと一緒にお茶をした。そしてちょっと会話をしたあとは「仕事があるから」といって個室にひっこむので、それからは二人でのんびりと過ごすのが日課になった。

秀麗はたくさんのたわいのない話をした。男はたいてい聞き役だったが、どんな会話でもいつも妙《みょう》に真面目《まじめ》に相づちをうち、ぽつぽつと感想を述べた。

会って五日ほどたったろうか、その日、男はどことなく妙な顔をして書棚《しょだな》脇からでてきた。

「……そなたは紅貴妃だったのだな」

唐突《とうとつ》な言葉にも、秀麗は動じなかった。いつかばれると思っていたが、思ったより早い。

「あら、バレちゃった？」

秀麗はいつもと変わらずお茶を淹《い》れた。男は向かいに座って月餅《げっぺい》をつまみながら、秀麗を妙にじっくりと見つめた。秀麗は言われる前にと、自分から言ってやった。

「期待はずれで、悪かったわね。どうせすんごい美人がくると思ってたんでしょ」

正直に頷いた男に、秀麗は頬をひきつらせた。自分から言ったとはいえ、普通《ふつう》そうあっさり頷くか。しかし自分の顔が十人並みなのは重々承知していたので、何も言えなかった。

「……だが、期待はずれではない」

男がぽつりと付けくわえた一言は、けれど小さすぎて秀麗の耳には届かなかった。

「……そなたは、霄太師に遣《つか》わされたときいた」

「そうよ」

「……王に政事《まつりごと》をさせるためにきたのか」

「あら、よく知ってるじゃない」

秀麗は笑って男を見た。

「今日はお天気もいいし、また外で桜を見ながらお茶しましょうか」

桜の話をしてあげるわ。秀麗はそう言った。


木々の奥《おく》――大きな池のほとりに秀麗が腰をおろすと、男もその隣に座った。

さわ、と春先のやや冷たい風が通り抜けていく。

風の感触《かんしょく》に目をつぶると、ぱた、と秀麗は仰向《あおむ》けに寝転《ねころ》がった。ひらひらと降ってくる、それは桜の花びら。

「……私の家はねぇ、とっても貧乏《びんぼう》なの」

鼻先にのった桜の花びらをつまむと、秀麗は見惚《みと》れるように眺《なが》めた。

「紅家っていっても、本家に追い出されるようにして紫州《ここ》にきたし、父様ったら笑っちゃうくらい世渡《よわた》り下手で、……母様も世事に長《た》けてるとは言い難《がた》かったけど、母様が亡《な》くなってから

はほんとあっというまに家は貧乏になっちゃってね。残ってくれた家人は静蘭だけだった」

男はふと顔を上げ、静蘭、と繰《く》り返した。秀麗はその呟きに微《かす》かに笑った。

「どっかで会ってるんじゃないかしら？　この間特進して左羽林軍主上付きに配属されたから、中央宮にいることが多くなったみたいだし」

秀麗は自分の手を昊《そら》にかざした。高貴なる姫《ひめ》には決してありえない、節《ふし》くれだった指。いつも赤ぎれだらけだった手のひら。

「……毎日毎日、たくさん働いたわ。だから私の手は全然、お姫様みたいな白くて細いすべすべの手じゃなくて。見るたびに溜息つくのよね。嫌《きら》いよ、こんな手。……でもね、いいの。父様と静蘭と私の三人で暮らしていけるなら。全然構わなかった」

いつだって貧しくて、食卓《しょくたく》はさみしかった。朝から晩まで働いて。でもやっぱりいつも貧乏。

「貧乏は慣れてるわ。でも、絶対、こんなのもう二度と耐《た》えられないっていう、最悪につらいときがあったわ」

秀麗は、目をつぶった。

「……八年前の、王位争いの時よ」

男はゆっくりと秀麗を見下ろした。秀麗は淡々《たんたん》とつづけた。花びらが、降ってくる。

「前王がお倒《たお》れになってから、朝廷《ちょうてい》は王位争いで政事《まつりごと》は荒《あ》れに荒れたわね。城下に住む私たちはその余波をもろにくらった。

心ある官吏《かんり》の命《めい》は到底《とうてい》私たちまで行き届かなかった。下吏下官はいいように権力を振《ふ》りかざ

し、金をためこみ、ものを買い占《し》めて。不作つづきだったから、瞬《また》く間に物価は高騰《こうとう》した。私も静蘭も一生懸命《けんめい》働いたけれど、一日一杯《いっぱい》の薄粥《うすがゆ》がすすれればいいほうだった。そんな生活が……ずっとつづいたの」

それは、男の知らない生活だった。

「働かなくちゃ、食べていけない。私たちにはそれが当たり前よ。でもね、あの時は働いても働いても食べられなかった。

父様も本を読むのをやめた。朝廷に出仕するのもやめた。なんとか、街のみんなが生活できるように、作物の増やし方とか、水の確保とかに奔走《ほんそう》した。でもそんなの付け焼き刃《ば》で。私たちができたことなんて、ほとんどなかった。……多分、みんなの役に一番立ったのはうちの庭《に》院《わ》ね」

秀麗は笑った。なのに泣きそうな顔に見えるのは、なぜだろう――男は戸惑《とまど》う。

「池は大きかったし、果木《かぼく》もたくさんあったから、街の人に分けてあげることができた。おかげで池にはもう魚一匹《ぴき》いないし、果実がなるのも何十年も先。だって花も咲《さ》かないのよ、ぜんぶ食べちゃったんだもの。だからうちの庭院《にわ》、ほんと今何にもなくて丸裸《まるはだか》でかわいそうなの」

男は桜を見ていた秀麗の横顔を思いだした。もううちでは花は咲かない――と呟いたときの秀麗を。美しい桜を、愛《め》でるだけではない瞳《ひとみ》で見つめていた。

――桜が、散る。もう、秀麗の家の庭院では、二度と見ることのかなわない薄紅色《うすべにいろ》の花びら。

桜の花と木の根を、食べてしまったのはいつだったろう。庭院の果実が、すべてなくなった

ころだったか。その前に——ああ、そうだ、池の魚が姿を消したのだ。

邸の池から魚が消えた年、王位争いが起こった。

「……たくさんの人が目の前で死んでいったわ。犬も、猫《ねこ》も、鳥も。花も、草も、街から消えた。鼠《ねずみ》も蜘蛛《くも》も、動いているものなら皆血眼《みなちまなこ》で追いかけた。それでも食べるものがなくて、連日邸には街の人々が並んだ。父様が庭院の草木や木の根を調べて、食べられるものを静蘭と一《いっ》緒《しょ》に摘《つ》んで、並んだ人々にあげた。ほとんどの貴族は皆門戸を閉じて、固い扉《とびら》の外には餓《が》死《し》者が転がった。たまに降る雨水を飲めるように私と父様と静蘭で一生懸命濾《ろ》過《か》して。毎日三人で街中を走り回った。静蘭は力仕事に。父様は作物の確保に。私は診療所《しんりょうじょ》の手伝いに——」

日に何度も気を失いそうになるのを必死に我慢《がまん》して。力が入らず震《ふる》える腕《うで》で、葬送《そうそう》の二胡《にこ》を数え切れないくらい弾《ひ》いた。ついには涙《なみだ》さえ涸《か》れ果てて、瞬《まばた》き一つで力が抜けた。

死ぬために生きているような気がした。

なんのために、こんな思いをしてまで生きているのか。わからなかった。

それでも、大切な二人が笑ってくれるなら秀麗も笑えた。ないも同然の食材を工夫《くふう》してご飯をつくって、小さな花を飾《かざ》って、洗濯《せんたく》も掃除《そうじ》も、服の繕《つくろ》いものも一生懸命やった。疲《つか》れて帰ってきた二人のために毎晩二胡を弾いた。できることなら、なんでもした。

——日に日に痩《や》せ細っていく二人を見て、毎日恐怖《きょうふ》におびえていた。

置いていかないで。一人にしないで。ただそれだけを祈《いの》っていた。

「いつか父様も静蘭も死んでしまうんじゃないかって思った。朝起きたら、二人とも冷たくな

ってるんじゃないかって。二人が死んでひとりぽっちになる夢を、毎晩見た。置いてかれるなら、先に死にたいと思った。眠《ねむ》ることも、起きることも怖《こわ》かった。気が狂《くる》いそうだった……」

置いて、いかないで――。

その言葉に、男の顔がわずかに歪《ゆが》む。胸の痛みとともに、遥《はる》か昔がよみがえる。かつて彼も、毎晩のようにその言葉を呟《つぶや》いていたときがあった。いかないで――一人にしないで。

「あれは、恐怖の毎日だったわねぇ」

明るい声に、男は我に返った。知らず額に浮《う》かんだ汗《あせ》をぬぐう。

秀麗は体を起こした。隣《となり》に座る男に、にっこりと笑いかける。

「――だから、私は、王宮《ここ》にきたの」

「……え？」

「あんな日々はもうごめんよ。だから霄太師の請《たのみ》を受けて、私はここへきたの」

ひらりと舞《ま》い散る桜。それは象徴《しょうちょう》。哀《かな》しみと、涙と、――平和の。

「たくさんの悲しい思いをしたわ。つらい思いも。もう――あんな思いはしたくない。何もできずにただ自分の無力を嘆《なげ》くことも。だから今度自分にできることがあるのなら、しようと思ったの」

八年前《あのとき》、たくさんのものを秀麗は失った。握《にぎ》りしめているには秀麗の掌《てのひら》は小さすぎて、こぼれ落ち、消えていった大切なもの。それは多分、失わなくてもよかったはずのものだったのに。

「望んでることなんて、たいしたことじゃないのよ」

誰《だれ》に、と秀麗は言わなかった。

「国中の人々が幸せになれるような国をつくってくださいなんて、そんな馬鹿《ばか》なことを言うつもりはないわ。だってそんなの絶対無理だもの。幸せって、誰かが与《あた》えてあげられるようなものじゃないでしょう。その人が感じるものだから、その人自身がつかみ取らなければ意味のないものなのよ。——少なくとも私はそう思うわ」

男がゆっくりとまばたく。まるで、思いもよらないことを聞いたとでもいうように。

「幸も不幸も、その人自身の問題だわ。だから、王様はそんなところまで責任を持たなくたっていいの。ただ——一人一人が自分の人生を自由に生きられるようにしてほしい。望んでいるのは、それだけ」

問うように見つめられ、秀麗は少しだけ笑った。

「その人の人生は、その人だけのものよ。いくつもある選択肢《せんたくし》を自分で選んで、生きていく。世の中は平等じゃないわ。理不尽《りふじん》なことだってたくさんある。でも、どんなときだって、選べる道は必ず二つ以上あって、そこから自分で道を選んで歩いていくのよ。だからその人の人生も、幸も不幸もその人自身の責任。どんなに不幸に見えても——理不尽に思えても」

「…………」

「でもね、そういう、『選ぶ』ことすらできなくなる時があるの。津波《つなみ》みたいに突然《とつぜん》襲《おそ》いかかってきたものに、それまで積み重ねてきたものすべてを壊《こわ》されて、さらわれて——何もかもめちゃくちゃにされてしまう。その津波は誰のせいでもないのに——人は大切なものが失われて

いくのをただ見ていることしかできない。何もかものみこむ津波に抗《あらが》う術《すべ》もなくて、ただ『生きる』ことだけがすべてになる。何かを『選ぶ』余地すらなくなる。だってまず『生きのび』なくちゃ、人生も——幸も不幸もないから」

「…………」

「それが天災なら、あきらめるほかないわ。だって本当にどうしようもないもの。でもね、人災のときがあるから、始末に負えないのよ。——八年前、みたいに」

何のことを、言っているのか——男にも理解できた。

彼もかつて、それを目《ま》の当たりにした。宮中で——玉座のそばで。臥《ふ》した父のそばで。

「でもね、人災なら、人の手で防げるでしょう？」

秀麗は男の目をまっすぐに見た。揺《ゆ》るぎない意志を宿すその瞳はとてもきれいで。まぶしかったけれど、男は目をそらそうとはしなかった。見ないでいるには勿体《もったい》ないと、思った。

「……だから、きたのか」

「そうよ。人の力で何とかなることだって、いっぱいあるのよ」

その言葉はひどく印象的に男の心に響《ひび》いた。その——微笑《びしょう》も。

「——王に全部押しつけるわけじゃないわ。でも、庶民《しょみん》がいくら頑張《がんば》ってもできないことも絶対あるのよ。それが、王のお仕事でしょう？　それをサボってもらっちゃ困るわ。王様だからできることなのに、王様がサボったら誰がやるっていうの？」

わかりやすい言葉だった。男は無言で秀麗を見た。彼女の紡《つむ》ぐ言葉は不思議なほどすとんと

彼の胸に落ちてきた。

「まあ簡単に言っちゃったけど——実際王様業って、大変だと思うわ」

こく、と秀麗は冷めかけた茶をすすった。

「だって、国中に目を光らせてなくちゃいけないんだものね。たくさん勉強が必要だし、責任も、重圧も、計り知れないと思うわ。私たちの笑顔《えがお》も涙もその掌に握れる人——だもの」

その視線がまっすぐに男を射た。

「どうして政事をしないのかは知らないけど、もう王位についちゃったんだからしょうがないわ。王様としてしっかり頑張ってもらわないと。そのかわり私も一緒に頑張ろうと思うの」

「——何……？」

「末の公子で、政事の勉強なんかしたこともないっていうなら、一緒に勉強するわ。重責に押しつぶされそうなときは支えるわ。不安なときはそばにいるし、愚痴《ぐち》いいたけりゃいくらだって聞くわよ。泣きたければ泣けばいいわ。私は臣下じゃない。格好つける必要なんてないもの。子供をつくりにきたんでも、あなたをただ叱《しか》り飛ばすためだけにきたのでもないわ。——私は、あなたを支えにきたのよ。あなたのそばで、王としてあなたが立つのを支えるために」

——そばに。

男の目がゆっくりと見ひらかれる。次いで、思いがけないことを言われてうろたえたように、視線をめぐらす。

「陛下に望んでることは一つよ。もう二度と津波が起こらないように見張っててほしい。誰も

が自分の人生を選べるように――その権利だけは、どうか奪《うば》わないでほしい。だってそれこそが、人が人として顔を上げて生きるための、たった一つのものだと思うから」

秀麗は腰《こし》を上げた。土を払《はら》うと、まだ座っている男を見下ろした。

「……って、いうことを、王に話そうと思ってたの」

「…………」

「――王とお知り合いなら、あなた、今の話、王に伝えてくれる？」

秀麗はにっこり笑った。

「そしてね、もしやる気があるなら、今日の午後、府庫でお待ちしています――って」

秀麗は府庫に戻《もど》る途中《とちゅう》、木陰《こかげ》からひょっこり顔を出した静蘭に気づいてぎょっとした。

「静蘭！　な、なんでこんなとこに」

静蘭は何ともいえない複雑な顔をした。あの日から静蘭は楸瑛と絳攸に連行されて、午前中の秀麗と王の様子を覗《のぞ》き見していたのである。

「……お嬢様《じょうさま》、さっきのかたですが」

「わかってる」

秀麗は溜息《ためいき》をついた。

「あの人、最初に名前を訊《たず》ねられてなんて言ったと思う？　詰《つ》まったあげく藍楸瑛、よ」

「……それは、また……」

「あの人、嘘《うそ》が下手ね。っていうか、嘘つくの慣れてない感じ。挙動不審《ふしん》だったし、馬鹿正直に歳まで言うし。あげく『王をよく知ってる』んですってよ。王宮で官服でもない衣《きぬ》を適当に着崩《きくず》して平気でフラフラして――わかんない方がおかしいわ」

「では……？」

「とりあえず、宣戦布告はしたわ。あとは午後、くるかどうかね」

「こなかったら？」

「他の手を考えるわ。追っかけまわしてとっつかまえるわよ。その時は静蘭、協力よろしく」

静蘭は賢明《けんめい》にも、はいともいいえともいわずに無言を通した。

でもねぇ、と秀麗は顔を上げた。桜の雨が、やさしく降ってくる。

「……言葉が、通じると思ったのよね」

「どういう意味です？」

「私、どうしようもない昏君《ばかとの》だと思ってたんだけど、話してみると全然違《ちが》うんだもの。素直《すなお》だし、妙《みょう》に子供っぽいけど、怒《おこ》りっぽくもないし高慢《こうまん》でもない。表情豊かとはいえないけど、冷たいのとも違う。ぽつぽつとした言葉も、馬鹿じゃなかったわ。それに、私の話をきちんと聞いてくれた。……人の話をきちんと聞けるなら、言葉で通じると思ったの」

五日間、秀麗は彼を見ていた。端々《はしばし》の言葉、仕草、態度、秀麗はつぶさに彼を観察した。そして彼が秀麗に興味をもち、「誰」なのか調べる時を待っていた。

「思ってたほど、悪くないわ。……ううん、むしろ、あの人きっといい王様になるわ」

誰《だれ》の手も入っていない、白紙のような王。あの歳と、王族という身分からは不思議なくらい何にも染まっていない。――きっと、これからいくらだって変わっていける。

ええ、と深く頷《うなず》いて静蘭は笑った。

「私も、そう思います」

「静蘭て昔から主上贔屓《びいき》よね。でも…うん、その理由もちょっとわかったわ」

どこか遠くを見ているような王。けれど向かい合った時にはきちんと秀麗を見てくれた。

なぜ政事をしないのかは、わからない。けれど。

王位とは無縁《むえん》と思われていた末の公子。突然《とつぜん》突きつけられた玉座。王としての自覚も覚悟《かくご》も――もしかしたら勉強さえ追いつかないままだったのかもしれない。頼《たの》みの綱《つな》の父は病の床《とこ》。

ただ一人王位争いに加わらず、それゆえに生き残った公子。王位争いから半年前の即位《そくい》までの空白期間は、国の立て直しと前王の病に重臣たちの誰もが振りまわされていたと霄太師に聞いた。一人放《ほう》っておかれ、彼は何を思っていたのだろう。

――自分にはできないと、そう思ってやらないのなら、なんとかなる。

できないものは、克服《こくふく》すればいいからだ。そのために秀麗はきたのだから。

「――やれるだけやってみるわ。それでも駄目《だめ》なら、帰るしかないけど……」

「大丈夫《だいじょうぶ》ですよ。主上はきっと、今日の午後、いらせられますよ」

「だと、いいけどね」

秀麗は苦笑した。

「じゃあ、早速《さっそく》霄太師に頼んで、誰か有能な師《せんせい》を見繕《みつくろ》ってもらうことにするわ。まずは勉強だけど、私も実際の政事《まつりごと》のことはほとんど知らないし」

「……お嬢様が教える側から教わる側になるのも、久しぶりですね」

「そういえばそうね。……思えば、塾《じゅく》をひらいたのも王のためだったのよね。昔は女の子が国試を受けられないって知らなかったから、父様に就いて毎日猛《もう》勉強して。官吏《かんり》になって、王をお助けして、もう二度とお腹《なか》の空《す》かない国をつくるんだって」

「『私は文官で、末は絶対宰相《さいしょう》になるから、静蘭は武官でたくさん昇進《しょうしん》してね。二人で平和にするのよ』っていいながら、毎日月明かりを頼《たよ》りに本をめくってましたね」

「そうそう、仙洞宮《せんとうきゅう》、見たかったたし。いつか絶対宮城にあがるんだ、っ…て――……」

国試を受けられないとわかってから、秀麗は無償《むしょう》で塾をひらいた。自分が駄目なら、子供たちに夢を託《たく》そうと。いつか王を支えるような官吏が出たらいい――そう思って。

静蘭はそっと秀麗を抱《だ》き寄せた。秀麗は歯を食いしばって静蘭にしがみついた。

「……お嬢様……よく、がんばりましたね」

ぼろぼろと秀麗の頰《ほお》を涙《なみだ》が伝う。声なく秀麗は泣いた。

――八年前。それは遥《はる》かな昔のように思える。けれど、秀麗にとってはいまだ昨日のことのように思い出せる悪夢だった。幼い彼女の心に刻みつけられた傷痕《きずあと》は、決して浅くはない。春のこない庭院を見て、今も秀麗は夜中にこっそり泣く。そのことを静蘭は知っている。

　八年という月日がたって、ようやく秀麗は笑えるようになった。何でもない「ふり」をして過去を振《ふ》り返ることもできるようになった。だが、あの悪夢の記憶《きおく》を掘《ほ》り起こすのに、どれだけの勇気が必要だったろう。泣かずに話すために、どれだけの力が必要だったろう。

　静蘭はそっと秀麗の拳《こぶし》をひらかせた。指に触《ふ》れるのは滲《にじ》んだ血。渾身《こんしん》をこめて拳を握《にぎ》りしめ、爪《つめ》が掌《てのひら》を食い破っても――秀麗は話した。すべては王のために。

　お金のためではない、本当はもっとずっと大切なもののために、秀麗は後宮入りを決めたのだ。かつて失ってしまった大切なものを、もう二度と失うことのないように。

　嗚咽《おえつ》を漏《も》らす秀麗の背を、静蘭は黙《だま》ってなでつづけた。

　そばの繁《しげ》みから、秀麗と静蘭を見つめる二対《つい》の目があった。

「……なかなかの貴妃《きひ》じゃないか。そう思わないかい？　絳攸」

　絳攸は頭に葉っぱをくっつけながらも、彼一流の無表情で腕《うで》を組んだ。

「八年前……か」

　そのとき、二人はまだ朝廷《ちょうてい》にいなかった。彼らが国試に合格したのはともに六年前。そして中央政治に参画できるようになったのは四年前――王位争いが終息し、まさに霄太師が政治を仕切るようになってからのことだった。

「……王は、変わるかもしれないね」

「まだわからん」

「でも、変わったら」

楸瑛は笑った。

「そのときは、王に仕えてもいいかな」

砕《くだ》けた口調の裏にある本気の響《ひび》きを、絳攸は確かに感じとった。

左羽林軍大将軍、黒燿世《こくようせい》に「藍《らん》が心を膝下《しっか》に屈《くっ》さする者、いずれにあるや」とまで言わしめた不羈《ふき》の男――藍楸瑛。彼の忠誠心を手に入れることは至難の業《わざ》。けれど。

あの娘《むすめ》がそばにあるなら、その可能性はなくもないだろう――と、彼は言外に告げたのだ。

秀麗が去ったほうに首《こうべ》をめぐらせながら、楸瑛は微笑《びしょう》した。

「……惜《お》しいな。私好みの女性になりそうな予感がするのに、もう貴妃とはね」

「お前の頭は常にそれか！」

「君だって、結構気に入ったくせに」

絳攸は押し黙ったのち、踵《きびす》を返した。否定はしない。ぐっと上げた顔に決意が宿る。

「まずは今日の午後、姿を現すかどうかだな。――ようやく俺にも仕事がきそうだ」

「え？」

「俺が講師役をやらんで誰がやる！　これからびしびしごいて一から政事というものを叩《たた》きこんでやる。遠慮《えんりょ》なくな。よし、今から府庫で教本を見繕うぞ」

「一から政事を、ねぇ」

楸瑛は意味ありげに呟《つぶや》いたのち、笑顔《えがお》で指を府庫のほうに向けた。

「ねぇ、絳攸、府庫はあっちだよ。見えるよね？」

ピタリと絳攸の足が止まった。そのつま先は正反対の方向にある。楸瑛は絳攸の肩《かた》を叩いた。

「相変わらず見事な方向音痴《おんち》ぶりだね、絳攸。昔、隣《となり》同士で一緒《いっしょ》に国試を受けたとき、厠《かわや》に行った帰りに迷った君を席に連れ戻《もど》してあげたことを思いだすよ。歩いて三十歩のところで迷うなんて、なんかもう立派な才能だと思ったけれど、まったく変わってなくて本当に嬉《うれ》しいよ」

――その瞬間《しゅんかん》、絳攸の懐《ふところ》から殺気を放った小刀が素晴《すば》らしい速さで飛んだ。

●❋●❋●

午《ひる》すぎ――秀麗は府庫に入ってきた男を見ても、何も言わなかった。

彼はまっすぐに秀麗のもとへやってきた。すとん、と隣の椅子《いす》に腰掛《こしか》ける。

「……余が、紫劉輝だ」

「ええ」

「余のことをよく知っている男から、伝言はうけた」

真面目《まじめ》な顔でいう王に、秀麗は思わず吹《ふ》きだしそうになった。咳払《せきばら》いして危《あや》うくごまかす。

「そ、そう。で、お返事は？」

不思議と、それまでのかたくなな意志はきれいに流されて、王は自然に口をひらいていた。

「……政事を、しよう」

「――……ありがとう」

そのときの秀麗の微笑はとびっきりだった。

「お勉強もね。一人で頑張《がんば》れなんて言わないわ。私も一緒にやるから」

とびきりの笑顔につられるように、王はそっと秀麗の輪郭《りんかく》をなでた。頰から顎《あご》へ、そして首筋からうなじへと指をすべらす。

気づいたときには、秀麗は王の腕の中にすっぽりと抱きしめられていた。何か大切なものを扱《あつか》うように、王は秀麗の髪《かみ》を梳《す》き、背中をなでた。

(……えっ。…………ええっ⁉)

秀麗は硬直《こうちょく》した。予想外の事態に頭の中が真っ白になる。しかしすぐに我に返って、細身の外見からは想像のつかないたくましい腕を押しのけた。

「……ひ、ひとつ、訊《き》いていいかしら?」

「なんだ」

「あ、あなた……その、そのねぇ、女の人よりも、お、男の人が好きなのよね?」

王は質問の意味を吟味《ぎんみ》するように、わずかに首をかしげた。それから、秀麗の引きつったような赤い顔を見て、やや考えたのち、秀麗の望む答えを返した。

「……まあ、そうだな」

「そ、そうよね。良かった」

秀麗はあからさまにホッとした。

「あ、そりゃ、お世継《よつ》ぎの問題とかあるけど……ま、まあそれはおいおい考えることにして」

口早にしゃべりつつ、ぎくしゃくと立ち上がる。

「じゃ、師《せんせい》を紹介《しょうかい》するわね。なんと！　朝廷随一《ちょうていずいいち》の才人と誉《ほま》れ高い人なんですって」

王の眉《まゆ》がわずかに寄った。……朝廷随一の才人？

「——ようやくお会いできて光栄です、主上」

現れた絳攸の刺々《とげとげ》しい声に、王はうしろ暗い人間特有の表情でふいとそっぽを向いた。仮にも一国の君主に向かって不機嫌《ふきげん》と敵意を隠《かく》そうともしない絳攸は、ひと月以上も放っておかれた恨《うら》みをこめて、綺麗《きれい》な顔をにっこりとほころばせた。

「これから遠慮なくしごきますからね。覚悟《かくご》しておいてください」

宣言して、ドカッと本の山を積みあげる。王は題名に目を通すと、ぼそりと呟いた。

「……絳攸は、府庫の中でだけは迷わないのだな」

うしろに控《ひか》えていた楸瑛が思わず吹きだす。秀麗はわけがわからず王の横顔を盗《ぬす》み見た。

びしっと絳攸の額に青筋が走った。

「——おだまんなさいっっっ!!」

……勉強の時間は、過酷《かこく》なものになりそうだった。

第三章　暗闇の中の真実

深淵《しんえん》の闇《やみ》のなかで、桜の花びらが途切《とぎ》れることなく降っていた。
近づいてきた人影《ひとかげ》。自分を認めると、微笑《ほほえ》んでくれた。
さざ波のように心にあたたかいものが広がる。嬉しい——と。
駆《か》け寄ろうとしたとき、その人は踵《きびす》を返した。
——……にうえ……？
遠ざかる後ろ姿を追いかけた。けれどいくら走っても、差は広がるばかりで。
必死でのばした手は、紅葉《もみじ》のように小さくて。
——どうして……。
泣きそうになった。自分には、あの人しかいないのに。
行かないで。行かないで。
一人に、しないで。
桜が、散る。それはやがて藤《ふじ》の花びらになり、金木犀《きんもくせい》になり……雪のかけらになった。
人影が、雪にまぎれて、消える。

待ちつづけた。春も、夏も、秋も、冬も。ずっと。

——行かないで。

その言葉さえ、いえなかった。

——行かないで。

絶望に膝《ひざ》をつきそうになったその時、うしろから、強い力で手を握《にぎ》られた。

驚《おどろ》いて。……ゆっくりと、振《ふ》り返った。


——ハッと目を覚ますと、すぐそばに、見慣れた衛士《えじ》の顔があった。

「……せ、らん……？」

「勝手に入室して申しわけありません。うなされていたご様子でしたので……」

王はゆっくりと寝台《しんだい》から身を起こした。秀麗と一緒の夕餉《ゆうげ》のあと、自室に戻ってうたた寝《ね》をしてしまったらしかった。

全身、嫌《いや》な汗《あせ》でぐっしょりと濡《ぬ》れていた。額の汗をぬぐおうとしたとき、王はようやく、自分が静蘭の手を握っていたことに気がついた。

握ったままの手を自分の腕《うで》ごと持ち上げると、静蘭が慌《あわ》てたように弁解した。

「あ……その、手を伸《の》ばされたので、思わず……も、申しわけありません」

王は握った手を、ぶらんぶらんと振った。

「……しゅ、主上？」

　手を止めると、王は破顔した。

「今日は、一緒《いっしょ》に寝るか、静蘭」

　静蘭は瞬時《しゅんじ》に固まった。酢《す》を飲んだようなその顔は、彼がいかにしてこの難題を切り抜《ぬ》けるかに全神経をそそいでいることを物語っていた。王は首をかしげた。

「いやか」

「いえ……その、人には向き不向きというものがですね。ええと」

　動揺《どうよう》しまくる静蘭に、王はあっさり言った。

「冗談《じょうだん》だ」

　にこにこと笑う。

「今、決めた。静蘭は抱《だ》かない」

「は……」

「抱くには、もったいなさすぎる」

「…………」

　静蘭は賢明《けんめい》にも無言を守りとおした。

　王はふと、まじまじと静蘭を見やった。

「……思うに、静蘭は、ちょっといい男すぎるのではないか？　余といくつも違《ちが》わないはずなのに」

やけに重々しく言われ、静蘭はまたも返事に窮《きゅう》した。

「このごろ思うのだが、どうも秀麗は余よりそなたを頼《たよ》りにしている気がするのだ」

「…………」

「静蘭はいい男だから、それもわかる。ずっと一緒に暮らしていたのだしな。だが、一応、秀麗の夫として、ちょっとばかり『むっ』とするときもあるのだ」

「…………」

「だから、今から夫婦《ふうふ》の溝《みぞ》を埋《う》めてこようと思う」

王は大真面目《おおまじめ》だった。静蘭はその意図をはかりかねた。おそるおそる訊く。

「ちなみに、ど、どのように……？」

王は首をひねってしばらく黙考《もっこう》した。そしてはたと手を打った。

「そうだ、余も名前で呼んでもらうことにしよう」

そして名残惜《なごりお》しそうに静蘭の手を離《はな》すと、身軽に寝台を跳《と》びおりる。

「今日は、宿衛はよいから」

夜着一つ引っかけただけの格好でてくてく歩きだした王に、静蘭は仰天《ぎょうてん》した。

「ちょ、ちょっとお待ちください！」

「ん？」

「お風邪《かぜ》を召《め》されます！　春とはいえ夜はまだ冷えますから、もっとなにか上に」

王は笑った。

「余は、秀麗も好きだが、静蘭も好きだ」

再び派手《はで》に固まった静蘭を残したまま、王はやっぱり夜着一つだけで室《へや》をでたのであった。


月の明るい晩だった。

頰《ほお》をなでる涼《すず》やかな風に目をすがめながら、王はこのひと月を思い返した。

心が、信じられないくらい凪《な》いでいた。安らぐ、というのはこういうことかと、思った。

秀麗に怒《おこ》られることさえ、なんだか嬉《うれ》しくて。顔がゆるんで、それで余計、秀麗に怒られるのだけれど。それをもっと味わいたくて、彼はいくつか嘘《うそ》をついてもいたのだが、まあいい、と思っていた。——秀麗は、怒った顔もかわいいから。

誰《だれ》かが、気にかけてくれる、ということ。

それは、こんなにも、嬉しい。

王はふと両の手のひらに視線を落とした。——この手に握りしめられるはずの、多くのもの。この中には、秀麗の笑顔《えがお》も入っているのだと、あのとき彼は気がついた。握りしめれば、手に入る。けれど今までのように開いたままなら、こぼれおちる——。

今まで彼の手のひらにあったのは、とてもわずかなものだけだった。

邵可や、府庫という居場所や、その中で過ごす時間や——そういった、彼にとって大切な、ごくわずかなものだけで。そしてそれでいいと思っていた。多くを望むことを、彼はとうの昔

にあきらめていた。――ただ一つをのぞいて。

そのためにつきたくもない玉座についた。彼にとってはかりそめの地位。ここにいるべきは自分ではない。いつかあの人が戻《もど》ってくるまで、空座を守るための、形ばかりの王として。

だから彼は玉座にありながら、王であることを拒否《きょひ》してきた。

けれど秀麗に会ってしまった。

不思議なあたたかさをもつ彼女を、この手にできたらと、そう、思ってしまった。

しかしそれは、今まで彼がひたすらに願ってきた望みを手放すことと同じだった。

彼女は貴妃。「王」でなくば、手に入れることはできない。

さわ、と風《ふ》が吹き抜ける。彼は手のひらを見つめ――ややあって、ゆっくりとその手を握りしめた。

●　❋　●　❋　●

珠翠は室から月を見上げた。

「早いものですね。――もう、ひと月ですか」

秀麗は長椅子《ながいす》に背をもたせながら溜息《ためいき》をついた。

「ほんとにね。私がきた甲斐《かい》はあったかしら?」

「それはもう」

珠翠は嬉しげに目を細めた。

「この短い間に、主上は見違《みちが》えるようにご立派になられたではありませんか。朝議にも毎朝お出になって、午後も講師の方々とお勉強をなさっておられるのでしょう。臣の主上を見る目も変わってきたと、霄太師もおっしゃっておられましたよ」

「ふふ、そうなの。ほんと、すごい頑張《がんば》ってるのよ。朝議でも発言するようになったっていうし。それにね、一緒に勉強してても、あの人ときどき思いもよらないうがったことを言ったりするのよ。絳攸様に即叩《そくたた》きつぶされるけど」

だが、絳攸は常にその一言に耳を傾《かたむ》ける。それだけでも実は快挙なのだと、楸瑛が教えてくれた。取るに足らないくだらないことならば、彼は理路整然と叩きつぶす前に、無言で切って捨てるのだと。

「……まあでも、毎晩侍官《じかん》と一緒なのは、相変わらずみたいだけどね――……」

これればかりはいまだに矯正《きようせい》不能のままである。いやまあ、だからといって秀麗のところへこられても困るのだが。

そのとき、ほと、ほと、と足音がした。秀麗はすかさず姿勢を正した。入ってきたのは香鈴だった。手には寝《ね》る前に飲む香《かお》りのいいお茶がある。

「そうですね。みなも不思議がっておりますよ」

珠翠は入ってきた香鈴を見ながら、悪戯《いたずら》っぽく笑った。

「毎日一緒にご飯を食べて、多くの時間を過ごして、いつも仲睦《なかむつ》まじいご様子なのに、なぜ夜

は別々なのかって。まあ、それも時間の問題だろうとみな噂《うわさ》しておりますが。ね、香鈴」

話を向けられた香鈴は、はい、と元気よく答えた。ぽっと顔を赤らめる。

「紅貴妃《きひ》様を大事になさってるのだと、みな噂しております。お二人ともお若いですから、時間をかけてゆっくり愛をはぐくんでいるのだと。でも、早く赤さまが見たいって、年嵩《としかさ》の女官たちはやきもきしておりますけれど」

〝お嬢様《じょうさま》〟秀麗は内心で悲鳴を上げることしかできなかった。

「わたくしたちで段取りを調《ととの》える計画も、ございますのよ、紅貴妃様」

無邪気《むじゃき》な香鈴の言葉に、秀麗は茶を取り落としそうになった。段取りって、なんの段取り!?

ひきつらないよう全神経を顔面に集中させて、秀麗はなんとか笑顔をつくった。

「……その、気持ちだけいただいておくわね、香鈴。こ、こういうことは、やっぱり、流れみたいなものがあると思うの。焦《あせ》るつもりはないのよ。ですから、気持ちだけ、ね」

香鈴はちょっと残念そうな顔をした。けれどすぐに愛らしい微笑《びしょう》を浮《う》かべる。それはまったく魅力《みりょく》的な笑みだった。秀麗でさえ、思わずぎゅっと抱《だ》きしめたくなるくらいのかわいさだ。

(……あーあ、私もこれくらいかわいかったらなー……)

ついつい自分と比べて落ちこむ。もとより珠翠は美人すぎて比べる気にもならない。

「――それでは、おやすみなさいませ、紅貴妃様」

香鈴は丁寧《ていねい》にお辞儀《じぎ》をすると下がっていった。――と思ったら、ぱたぱたと駆《か》け足で戻ってきた。頬を上気させて飛びこんできた香鈴に、秀麗も珠翠も驚《おどろ》いた。厳しくしつけられている

後宮の女官が走る場面など、そうそうお目にかかれるものではない。

「大変ですっ」

香鈴は興奮のままに告げた。

「主上が、いらせられます――！」


「……いったい、こんな夜中に何しにきたの？」

開口一番の秀麗の言葉に、王はしばらく答えなかった。

まとめ髪《がみ》をほどき、背にさらりとたらした秀麗はいつもよりずっと女らしく見えた。王は上から下までまじまじと見つめ、ややあってぽつりと呟《つぶや》く。

「ああ……溝《みぞ》を埋めにきた」

「はあ？　溝？」

ときどき突拍子《とっぴょうし》もないことを言う男だが、今日のは特に意味不明である。目を点にした秀麗は、それでもすぐ、王の右手に束になって握《にぎ》られている薔薇《ばら》に気づいた。

「……あら。これ、もしかして私に？」

王は子供のようにこくりと頷《うなず》いた。

「溝ってなによ、もう。花をもってきたって言えば……って、もしかして素手《すで》で摘《つ》んできたの!?　やだっ、手のひら傷だらけじゃない！」

秀麗は直《じか》に薔薇の茎《くき》を握っている手を見て眉《まゆ》をつり上げた。

「しかも何、その薄着《うすぎ》は！　冷え切ってるじゃないの。いくら春ったって、まだ夜は寒いのよ。こんな薄着でうろうろしないの！」

秀麗は問答無用で王を室《へや》の奥へ引っ張り込んだ。

静蘭と同じことを言う秀麗に、王は笑った。……やっぱり薄着のままきてよかった。

初めて入った秀麗の室を、珍《めずら》しそうに王は眺《なが》め回した。その視線がすでに生けられている花のところで止まる。大きな花瓶《かびん》のなかにあったのは……。

「……薄紅《うすべに》の薔薇……」

王が摘んできたのは、白に近い黄色の薔薇だった。呟きに気づいて、秀麗が応《こた》える。

「ああ、お午《ひる》に静蘭が摘んできてくれたの。咲《さ》き初《ぞ》めでしたのでって」

王の顔がむぅ、としかめられる。……そう、静蘭がいい男すぎるというのはこういうとこだ。なんだかいつもいつも先を越《こ》されている気がするのだ。

秀麗は急にがっくりとした王の表情を誤解した。

「あっ、まだお礼言ってなかったわね。ごめんなさい。嬉《うれ》しいわ。ありがとう」

その笑顔に少しだけ、気分が浮上《ふじょう》する。

秀麗は手早く薔薇を生けると、寝台《しんだい》の端《はし》に王を座らせた。

「ほら、右手、見せて」

素直《すなお》に手をひらくと、棘《とげ》と血で結構ひどいことになっている。秀麗は眉を寄せた。

「まったく、素手で摘むなんて。痛いと思わなかったの？」

そういえば、と王は思った。あまりそんなことは考えなかった。

「ちょっと待ってね」

秀麗は薬箱をもってきて、棘抜《とげぬ》きを出した。

「一本ずつとってくから、ちょっと時間がかかるわよ」

手をとって、ちょっと目を見ひらく。

「……ねぇ」

「ん？」

「……あなた、剣《けん》、習ってたりするの？」

いくつもの硬《かた》い胼胝《たこ》があり、手の皮も厚い。――静蘭の手に似ている。

王はわずかに表情を変えた。ためらうような間があった。

「……王族のたしなみとして、少し」

「ふぅん？」

武術にはとんとうとい秀麗は、その答えであっさり納得《なっとく》した。

安堵《あんど》した王は、はたと当初の目的を思いだした。――そうだ、溝を埋《う》めなくては。

「……秀麗」

「ん？」

「今度から名前で呼んでくれ」

「名前？」

「余の名前だ」

「ああ」

細かい作業に集中していた秀麗は生返事をしていたが、意味を理解すると手を止めた。

「……は？」

「今度から、名前で呼んでくれと言ったのだ」

「……な、何よいきなり」

「余だけ名前で呼ばれないのは不公平な気がする」

「不公平って言われても……」

そういう問題じゃないだろう、と思ったが、しかし王はヘンな形でくいさがった。

「余の名前が役に立たなくてかわいそうだと思わぬか」

なんだか頓珍漢《とんちんかん》な会話だと思ったが、そういわれれば一理あるような気もした。

「決めたぞ。今から名前で呼ぶのだ」

「……劉輝、って？」

何げなく呟いた秀麗だったが、ゆっくりまばたいたのち、王はいかにも嬉しそうな顔をした。

口にした秀麗の方がぎょっとしたくらいの満面の笑《え》みだった。

ほくほくと嬉しげなその様子に、秀麗は負けた。

「……わかったわ。でも、二人のときだけよ」

王――劉輝は大きく頷いた。当初の目的を果たしたことに大満足をした途端《とたん》、今度は手のひらの突《つ》き刺すような痛みが気になりはじめた。ちくちくと、妙《みょう》に気になる痛みである。

「なぜ、薔薇には棘があるのだ」

やつあたり気味に愚痴《ぐち》る劉輝に、秀麗は棘抜き作業をつづけつつ、適当に答えた。

「薔薇姫《ひめ》が人間の男に恋《こい》したからでしょ」

劉輝は目を瞬《しばた》いた。

「……なんだ、それは」

その反応に秀麗のほうが驚いた。顔を上げ、まじまじと劉輝を見上げる。

「……知らないの？　この話」

きょとんとする劉輝を見て、秀麗の顔が曇《くも》った。これは誰《だれ》もが知っているような物語だ。子供ならば必ず聞かされて育つ、そんないくつものおとぎ話の一つ。けれど彼は、誰にもしてもらえなかったのだ。

秀麗は優《やさ》しい気持ちになって、棘を抜きながら話しはじめた。

「……昔々ね、薔薇姫っていう、とっても綺麗《きれい》な薔薇のお姫様がいたの。彼女はどんな病気も怪我《けが》も治してしまう不思議な力を持っていたから、みんなから結婚《けっこん》を申し込まれたわ……」

秀麗の声は、まるで子守歌《こもりうた》のようだった。

溝も埋まって安心したし、さっきの悪夢のせいで――静蘭のおかげで今日はいくぶんましだったが――疲《つか》れていた彼は、うつらうつらしはじめた。今度は心地《ここち》よい……眠《ねむ》り。

秀麗が話し終えるころには、すっかり手当ても終わっていた。

「さ、おしまい」

顔を上げた秀麗は、こっくりと船を漕《こ》いでいる劉輝に溜息《ためいき》をついた。

「まったく、しょうがない人ね」

大きな体をころんと寝台に倒《たお》し、布団《ふとん》を掛《か》けてやる。そして秀麗はちょっと悩《なや》んだ。……さて、自分はどこで寝《ね》よう？

寝台は大人三人ゆうに眠れるほど大きかったので、広さに支障はない。こんなに眠りこけているのだから、まあ間違《まちが》いも起こるまい。そもそも男色家の彼と間違いなど起こるはずもないので、すぐに結論は出た。明日は女官に起こされる前に起きてしまえばいい。

念のため、長い枕《まくら》を境界線とばかりにぽんと置く。

そしてその長枕をはさんで、寝台の端と端で王と貴妃《きひ》はぐっすりと眠ったのだった。


深夜——府庫で本を読んでいた邵可《しょうか》は、真夜中の訪問者に少しく眉を上げた。

「——絳攸殿《こうゆうどの》？」

「……遅《おそ》くに申し訳ありません。今日は府庫に泊《と》まらせていただいてよろしいですか？」

疲労《ひろう》の色濃《いろこ》いその顔を見て、邵可はすぐに事情を察した。しかし礼儀《れいぎ》正しい邵可は、「また迷子《まいご》になったのですね」などと聞いたりはしなかった。

「もちろん、どうぞ。せまいですけれどね」

「いつもありがとうございます」

しばらくご無沙汰《ぶさた》だったとはいえ、まさか自分の在籍《ざいせき》する吏部《りぶ》で迷子になるとは思ってもいなかった絳攸は、ひどく落ち込み、かつ立腹していた。いつものように誰かにさりげなくくっついて行かなかったことだけが敗因とは思えない。ひょっとするとあの鬼《おに》上司が方向感覚を狂《くる》わせる薬を撒《ま》いていたのかもしれない。目印も移動していた気がする。いやいやそれとも……。

「……絳攸殿」

邵可の声に、絳攸はめくるめく被害妄想《ひがいもうそう》から我に返った。

「あ、は、はい!?」

「吏部尚書《しょうしょ》に、呼ばれたとききましたが。何かありましたか？」

絳攸の一瞬《いっしゅん》の緊張《きんちょう》に、邵可が気づいたかどうか。絳攸はすぐに微笑《びしょう》を浮《う》かべた。

「――ええ、仕事のことで、少し。……そうだ、お訊《き》きしたいことがあるのですが」

「なんですか？」

「私が王の講師役を務めてから、ひと月がたちます。その間、色々と思うこともありました」

邵可が少しだけ、表情を変えた。絳攸は真面目《まじめ》な顔でつづけた。

「――単刀直入に訊きます。王はもしや――」

翌朝、秀麗はとろとろと目を覚ました。

……なんだか、妙にぬくい。そして何かズッシリしたものが体にのっかっていた。ふしぎと心地よい重さ。

「ん……」

まだ半分夢の世界を漂《ただよ》っていると、扉《とびら》がひらく音がした。

「紅貴妃様、朝で……」

珠翠の声じゃない……ぼんやりとそう思っていると、不自然に言葉を途切《とぎ》らせたまま、何やら慌《あわ》てて扉が閉まる音がした。

「……？」

秀麗は体をずらそうとした。が、体がぴくりとも動かない。

のっかっているもの……いや、からみついているものが起きさせてくれなかった。秀麗は夢《ゆめ》見心地《みごこち》のまま瞼《まぶた》をおしあけた。ちょっと視線を上げると、間近に整った顔があった。おりた睫《まつ》毛《げ》が長くて揃《そろ》っててなんて憎《にく》たらしい、と秀麗はぼんやり思う。

（……あー、そういえば顔だけはやたらいーのよねー……）

妙に子供っぽい印象の言動で全然そう思えないけれど……。……。

そこで秀麗の頭は一気に冷めた。

（ちょちょちょっと待って――――!!）

秀麗は劉輝に抱《だ》きしめられるような格好で寝ていたのである。跳《は》ね起きようとするも、腕《うで》がしっかりからみついていてびくともしなかった。状況《じょうきょう》を把握《はあく》すると、みるみるうちに秀麗の顔は真っ赤になった。

「ちょ…ちょっと！　主上！　起きてっ。放してってばっっ。王っ!!」

「ん……」

劉輝はぼうっと目をあけた。腕のなかの秀麗を見つけると、愛《いと》しむように手の甲《こう》で頰《ほお》をなで、何やら幸せそうに笑った。そしてますます力をこめてぎゅうっと抱きしめる。

「名前で呼ぶと言った……」

そして、寝た。

秀麗は絶叫《ぜっきょう》した。

「寝ないでぇっ！　起きて！　起きなさいっ。起きなさいってば――――ッ」

起こしに来た女官が今日に限って珠翠でなかったのが運の尽《つ》きだった。

噂《うわさ》は朝ご飯を食べるまでの短い間にあっというまに広がった。

「今上様《きんじょう》がついに女人と床《とこ》を共に!!」という間違った噂は、しかし妾妃《しょうひ》という秀麗の立場上、

否定することができなかった。

　女官たちは口に出しては何も言わなかったが、「よかったですね！」と目で思い切り訴《うった》えてきた。香鈴などは目を潤《うる》ませ、いつもより三倍は早く朝餉《あさげ》の準備を調《ととの》えると、まるでお邪魔《じゃま》してはいけないとばかりに二人きりにして飛んで戻《もど》っていった。給仕の女官さえ残っていない。珠翠だけが申し訳なさそうに室《へや》の隅《すみ》にいた。

　秀麗は頭を抱《かか》えた。呑気《のんき》にご飯を食べている劉輝を恨《うら》めしげに見やる。だが彼はなぜか至って機嫌《きげん》がよかった。

「……あーもう。なんだってあなたは枕を越《こ》えて転がってきたのよー……」

「顔が赤いな」

「―――ッ」

　秀麗は反射的に湯呑《ゆの》みを投げつけていた。しかし劉輝はそれを難なく受け止めた。もう慣れたものだ。

「危ないではないか」

「わ、私はあなたと違《ちが》ってああいうのに免疫《めんえき》ないのっ！　バカバカもうサイテーっっ!!」

　秀麗はへにゃっと机に突《つ》っ伏《ぷ》した。

「あー…父様と静蘭、どんな顔してこの馬鹿《ばか》な噂聞くかしら…信じちゃったらどーしよー」

　むっと劉輝が眉《まゆ》を寄せた。邵可はともかく、

「なんで静蘭が出てくる」

「だってだってぇ。乙女心《おとめごころ》よ。あなたにはわからないわ」

秀麗はむちゃくちゃな説明をした。でもなんだか当たっているような気もした。

「……………ねえ」

「なんだ?」

「……………本っっ当に、何もなかったのよね?」

実は秀麗は、その行為をなんとなくしかわかっていないので、本当にあったのかなかったのか自分で判断することができなかったのだ。いや、もちろん男色家の王とナニがあろうはずもないとは思っているのだが。一応、一応だ。

しかし劉輝はふいとあらぬ方向を見た。秀麗は蒼白《そうはく》になった。

「だだだだってあなた昨日眠《ねむ》りこけてたじゃない! 単に寝惚《ねぼ》けてああなったんでしょ!?」

劉輝は無言でポリポリと漬物《つけもの》をかじった。秀麗の顔色は青から白になった。

「だ、だってあなた、その、男の人とだけなんでしょ!? そ、そーなるのは!」

劉輝はちろりと秀麗を見た。頬杖《ほおづえ》をつき、どこか意地悪げに笑う。最近ではだいぶ表情豊かになってきた彼だが、こういう顔をするのは非常に珍《めずら》しかった。

「おいおいなんとかしなくては、と言っていたのはそなただろう?」

「―――っ、そ、そりゃ、そうだけど! でもでもでも」

「そういうことになったら悪いことでもあるのか? そなたは余の妻《つま》だろう」

今まで素直《すなお》だった子供が急にやんちゃ坊主《ぼうず》になったかのようだった。秀麗はぱくぱくと口を

あけるも、なんにも言葉が出てこない。

劉輝は秀麗の耳元にたらしてあった髪《かみ》を一房《ひとふさ》すくいあげると、意味深《いみしん》に口づけた。隅にいた珠翠がぎょっとしたように目を丸くした。

「秀麗の髪は、やわらかくてさらさらで気もちよかった」

「――――――」

絶句した秀麗であったが、すぐに応戦準備に切り替《か》えた。びしっと指をつきつける。

「ちゃんと答えて。正直に！　き、昨日、何もなかったのよね!?」

劉輝は素知らぬ顔でご飯を食べつづけた。それを見て、秀麗はにやりと笑った。毎日毎日顔をつきあわせてきたのだ。塾《じゅく》の子供を相手にしてきた秀麗は、仕草を読むのに長《た》けていた。

「……なんにもなかったのね。ああ、びっくりした」

へなへなと椅子《いす》にくずおれる。その本気でホッとした様子に、劉輝はちょっと面白《おもしろ》くなくなった。むぅと眉を寄せて秀麗を見る。

「なんだ、そなたは余の妾《つま》だろう。なんでそんなに嫌《いや》がる」

「くわえ箸《ばし》しない。肘《ひじ》つかない」

すかさずビシビシッと指導が入る。秀麗は腕を組んで真面目《まじめ》くさって劉輝に言った。

「いい、そーゆーのは、好きな人とやるべきものなの。少なくとも私はそう思ってるのっ」

劉輝の眉がさらに寄った。素直に箸を置くと、こっちも真面目な顔になった。

「秀麗は、余が好きではないのか」

「ええ？　そりゃ」

真面目な顔で見つめられ、秀麗は素直に好きと言えなくなった。なにしろ顔だけは非常にいい男なのだ。意に反して鼓動《こどう》も速くなり、内心うろたえる。しかし秀麗は咳払《せきばら》いして一生懸命《けんめい》平静な顔をとりつくろった。

「そ、そりゃ、好きよ。だけどね、その好きじゃだめなの」

「……なんだそれは」

「だ、だからねぇ、ええっとぉ…あなたにだって、好きだけど、その、そういうことしたくないっていうか、する気にならない人とかって、いるでしょ？」

ぽん、と劉輝の脳裏《のうり》に邵可や静蘭の顔が浮《う》かんだ。

「……まあ、いるな」

「でしょでしょ⁉」

秀麗は俄然《がぜん》勢いづいた。

「それなの！　好きだけど友だちとして大切っていうか、子供みたいでかわいいっていうか、ええと、あなたはそんな感じなの！　もっとこう、ドキドキして、この人なしじゃ生きていけないみたいな、そんな感じじゃなくちゃダメなの！」

秀麗自身、実はよくわかっていないので最後は勢いに任せて適当に言いきった。

劉輝は難しい顔で腕《うで》を組んだ。

「つまり、秀麗はそういう変わった気分にさせる相手じゃないと、床《とこ》をともにしないということ

とか」

「……っ、そ、そうね。私はね。べ、別にあなたの主義にケチつけてるわけじゃないのよ」

毎晩別の侍官《じかん》を床に呼ぶという彼に一応配慮《はいりよ》してそう言う。

「だいたい、あなたいくらだって相手がいるでしょ。私のことなんか気にしなくたっていいじゃないのよ。……まったく女の子にこんなことまで言わせて……」

ぶちぶちと愚痴《ぐち》りながら男らしくご飯をかきこむ秀麗を、劉輝は目を細めて見ていた。


「やあ、静蘭、昨夜のこと聞いたかい」

楸瑛の意味ありげな笑《え》みに、静蘭は内心溜息《ためいき》をついた。予想どおりの問いであった。

「……お嬢様《じよう》と主上のことですか？」

「そう。君はどう思う？」

「どう、と言われましても……十中八九何もなかったと思いますし」

「おや、どうしてそう思う。――ああ、そういえば君、昨日宿衛だったね」

「ええ。夫婦《ふうふ》の溝《みぞ》を埋《う》めにいくとおっしゃって出て行かれました」

「……静蘭、夫婦の溝を埋めるといったら一つしかないじゃないか」

「名前で呼んでもらうことが藍将軍の女性との溝を埋める方法だったとは、意外です」

沈黙《ちんもく》した楸瑛に、静蘭は苦笑《くしよう》を漏《も》らした。

「それに、主上はその前に室でうたた寝《ね》をなさってましたから、多分、お話の途中《とちゅう》か何かでお眠りになってしまったんだと思いますよ」

「余裕《よゆう》だね。からかいがいがなくてつまらないな。……ははあ」

首に腕をまわしてきた楸瑛に、静蘭はぎょっと身をひいた。

「な、なんですか」

「そこまでの自信があるってことは、なにか根拠《こんきょ》でもあるのかな？　君と秀麗殿《どの》の間で」

「な、何言ってるんですか。ありませんよそんなの」

逃《に》げようとする静蘭を、しかし楸瑛はつかまえて放さない。

「考えてみれば実においしい状況《じょうきょう》だ。邵可様と君と秀麗殿の三人暮らし。宝物の番人が邵可様なら隙《すき》だらけだろうし、君も二十《はたち》を越えた立派な男。さあ、白状したまえ」

「な、何もありませんてば！」

庭院で男二人がすったもんだ格闘《かくとう》していると、不意にどこかから鋭《するど》い素振《すぶ》りの音が聞こえた。人並み外れた剣《けん》の腕をもつ両者は、その音にピタリと動きを止めた。

「……この音」

「ああ、ずいぶんといい腕だね。……だけど稽古場《けいこば》でなくなんでこんなところで？」

顔を見合わせると、二人は庭院の奥に分け入ってみた。

ひょっこり首をのぞかせる。——そこにいた人物は。

「宋太傅!?」

思わず二人そろって声を上げてしまった。その声が聞こえたのか、宋太傅が素振りをやめて振り返った。

「藍家の若造と……おぬしは」

宋太傅は静蘭を見るとわずかに目を細めた。一拍《いっぱく》のち、宋太傅はすらりと剣をつきつけた。

「――ちょうどいい。相手をしろ」

剣先を向けられた静蘭は仰天《ぎょうてん》した。

「え――わ、私――ですか⁉」

「そうだ」

楸瑛は興味深そうに頰《ほお》をゆるめると、無言で一歩下がった。

宋太傅はかつて先王の傍《かたわ》らにあり、筆頭武官としていくつもの武功を打ち立てた歴戦の猛将《もうしょう》だ。老齢《ろうれい》ながら、その体にいまだ衰《おとろ》えは見られない。

困惑《こんわく》する静蘭に構わず、宋太傅はいきなり間合いを詰《つ》めてきた。容赦《ようしゃ》のない踏《ふ》み込みに静蘭もとっさに剣を抜《ぬ》いた。甲高《かんだか》い金属音が鳴り響《ひび》く。

「――よくぞ受けた」

「宋将軍……！」

静蘭は飛びすさろうとしたが、宋太傅は老人とは思えぬ速さでぴったりとりついてきた。次々にくりだされる剣は重くて速く、しかも一撃一撃《いちげき》に見事に無駄《むだ》がなかった。

ぴたりと急所を狙《ねら》ってくるその斬撃《ざんげき》に、見物していた楸瑛も舌を巻いた。

体力では静蘭に軍配があがるだろうが、経験の差からくる勘《かん》や老練さでは宋太傅のほうが明らかに優《まさ》っていた。

「静蘭、といったな」

「は、はい」

くりだされる剣を払《はら》い、手首をひるがえして返すが、あっさり宋太傅に受け流される。

「おぬし、歳《とし》はいくつだ」

「に、二十一になりますが」

「本当か？」

その会話をはたで聞いていた楸瑛の目がつと細められる。

「十三年前、邵可に拾われたそうだな。その前は何をしていた？」

「あ、あの……」

問いに気をとられた瞬間《しゅんかん》、剣が叩《たた》き落とされた。ぴたりと喉元《のどもと》に剣がつきつけられる。

「――なかなかの腕だ。一見我流のように見える剣だな」

宋太傅は下ろした剣を鞘《さや》に戻《もど》しながら言った。

「だが、幼い頃《ころ》に習った剣の型というものは、おいそれと消えるものではない。おぬしの根本にある剣は、私が知っているものとよく似ているな」

静蘭の顔から表情が消える。宋太傅はちらりと楸瑛を見た。

「……そこの藍家の若造も、気づいているだろう。藍家出身で、一応将軍職にある男だからな」

楸瑛はただ肩《かた》をすくめた。静蘭は無言で剣をおさめた。

宋太傅は淡々《たんたん》とつづけた。

「――今ではもう、見ることはないと思っていた。その型を習った者は、一人をのぞいて皆《みな》いなくなったからな。劉輝はわし直々に指南したから、その型は知らぬし」

――最後の一人は、はるか昔に流罪《るざい》になった。

「……かの公子も、さっきのおぬしのように、わしを宋将軍と呼んだものだ」

なつかしいな――そう呟《つぶや》くと、宋太傅は立ち去った。

静蘭は最後まで何も言わなかった。


「――いいじゃないか」

邵可はのほほんとそんなことを言った。

「つまり添《そ》い寝だろう？　別に何があるわけでもないなら、そんな目くじらたてなくても」

秀麗は拳《こぶし》を握《にぎ》りしめた。ふるふると震《ふる》える。

「――父様、私はもう十六なのよ。そして相手は十九の男！」

「お前だってよく静蘭にしてもらうじゃないか」

邵可はきょとんと娘《むすめ》を見た。

「雷《かみなり》が鳴ると、いまだに静蘭にしがみついてぎゃーぎゃー叫《さけ》んで一晩過ごすのは誰《だれ》だい」

かあっと秀麗の頰が朱《しゅ》に染まる。

「そ、それとこれとは話が別でしょ！」

「……そうかな？」

「もういいっ、心配してるかと思って飛んできたのに」

「心配？　主上は男色家じゃないか。それにそうなっても無理強《じ》いするような方じゃないよ」

「…………」

秀麗は卓子に突《つ》っ伏《ぷ》した。なんだか心配されてたほうがマシだった気がする。

「そうだ、君に贈《おく》り物があるんだよ」

邵可は手を打つと、いそいそと小さな桐箱《きりばこ》をとりだした。桐の蓋《ふた》のなかから現れたものに、秀麗は目を丸くした。

「……どうしたの、これ!?」

「知り合いの方からいただいたんだよ」

それは銀色に輝《かがや》く見事な茶器だった。繊細《せんさい》な形と細工はほれぼれするほどの出来だ。純銀製の逸品《いっぴん》だと、一目で秀麗にもわかった。

「いただいたって……そういう値段じゃないでしょ!?」

うーん、と邵可は首を傾《かし》げた。

「でも、とってもお金持ちのその人にとっては『そういう値段』なんじゃないかな。あんまり

気にしなくていいと思うよ」

「……父様って、府庫に埋もれてるのに何げに凄《すご》い人たちとお近づきよね」

抜けているばっかりだと思っていた父だが、意外と顔が広い。それが秀麗には驚《おど》きだった。

「もったいないとか言わずに、ちゃんと使ってくれるかい？」

「……わかってるわよ。人からもらったものは売っ払いません」

秀麗は紫《むらさき》の敷《し》き布に包んでそっともちあげた。

「いーい値段になりそうなのになぁ」

コホン、と咳払《せきばら》いする父に片目をつぶってみせる。

「冗談《じょうだん》よ。ありがたく使わせていただきます。まあ、今日から王もまた侍官《じかん》と一緒《いっしょ》に眠《ねむ》るだろうし。さっそく寝《ね》る前のお茶にでも使ってみるわ」

うきうきと府庫を出て行く娘に、邵可はうーん、と再び首を傾げた。また侍官と一緒に？

（……本当にそう、なるかな）


――果たして、邵可の予感は当たった。

その夜も珠翠に連れられて、劉輝は秀麗の室にやってきたのだ。

秀麗はあんぐりと口をあけた。

「なんってあんたは、またのこのこきてんのよ――――――っ!!」

「余とそなたは夫婦《ふうふ》だ。別におかしくない」

「いや、そう……そうじゃなくて！　おかしいわよ！　いつも侍官と寝てたじゃないの！」

「侍官より、秀麗のがいいことに気づいたのだ。大発見だ」

勝手に結論して、寝台《しんだい》によじのぼる。

「昨日の話のつづきを聞かせてくれ。途中《とちゅう》で眠ってしまって全部聞けなかった」

秀麗は額をおさえた。まさかこの歳で年上の男を子守《こもり》するはめになろうとは思わなかった。

「……ここで眠るつもりできたのね？」

こっくりと頷《うなず》く劉輝に、秀麗は怒鳴《どな》る気力さえ萎《な》えた。もとより、今さら立ってしまった噂《うわさ》は消えない。もう何だかやけくそな気分になった。こうなれば一晩も二晩も同じだ。

「——わかったわ。覚悟《かくご》を決めようじゃないの」

秀麗の目はすっかり据《す》わっていた。

とっとと寝なさい、といかめしく告げられ、劉輝は素直《すなお》に布団《ふとん》にもぐりこもうとした。そのとき、寝台脇《わき》の小卓に銀の茶器がのっているのに気がつき、劉輝の眉《まゆ》がわずかに寄る。

「……これは、どうした？」

やるからには徹底的《てってい》にと二胡《にこ》を引っ張り出していた秀麗は、茶器を見てああ、と笑った。

「父様が今日くれたの。なんでも、人からもらったんですって。きれいでしょ？」

劉輝は銀の茶器を手のひらでこねくりまわした。光にすかしてみたり、指でこすったりして、ためつすがめつしている。秀麗は顔をしかめた。

「ちょっと、疵《きず》なんてつけないでね。もらったばかりなんだから」

「――茶を飲もう」

「……はあ？　何をいきなり」

怪訝《けげん》な顔をするも、聞こえてきた足音に秀麗は慌《あわ》てて居ずまいを正した。

入ってきたのは香鈴だった。手には茶器の盆《ぼん》をもっている。

「紅貴妃《きひ》様、今宵《こよい》は緑茶をおもち……」

劉輝の姿に気づいた香鈴は目を見開いた。ぱっと朱を散らすように香鈴の白い頰《ほお》が赤くなる。

誤解されたことに秀麗は気づいたが、どうにもこうにも仕様がない。やや引きつりながら礼を言おうとしたとき、劉輝がすたすたと香鈴に近寄って盆をとった。

「ご苦労」

低めの美声で囁《ささや》きかけられ、香鈴の頰がますます朱に染まる。初々《ういうい》しい恋人《こいびと》同士みたいね、と秀麗は二人を見て思った。美男美少女で絵のような一対《いっつい》だ。

しかしそっけなく劉輝が踵を返すと、香鈴は慌てて呼び止めた。

「あ、あの……その、いつものお夜食はどうなさいますか？」

うつむいたその小さな耳まで真っ赤である。劉輝はなぜか秀麗を見ると、首を振《ふ》った。

「いや、いい。――下がれ」

一礼すると、香鈴はしずしずと下がっていった。

「いつもの夜食って、お夕飯のあとにも何か食べてるわけ？　太るわよ」

「夜食というか」

劉輝はかたかたと盆を置く。

「精力剤のことだろう」

さらりと言われたので、秀麗はしばしその意味がわからなかった。が、わかった途端《とたん》、秀麗の顔も香鈴に負けず劣《おと》らず真っ赤になった。道理で、香鈴が耳まで赤かったわけだ。

「余は食べないが、相手が好む」

「——誰もそんなことまで聞いてないわよっ」

秀麗は思わず二胡で殴《なぐ》りそうになった。

「しかも何勝手に人のお茶碗《ちゃわん》にお茶注《つ》いでるのよっ」

劉輝は銀の茶碗に勝手に緑茶を注いでいた。きれいな緑色が銀器に映《は》えて実に目に美しい。

劉輝は酒のようにくるりと茶碗を揺《ゆ》らした。そしておもむろにこくりと飲んだ。

「あーっ！ わ、私が最初に使うはずだったのにぃっ!!」

「……苦い」

劉輝は舌を出した。

「なんで酒じゃないんだ？ 茶だと眠れなくなるではないか」

「今日は夜更《よふ》かしして本を読もうと……じゃなくて、じゃあ何だって飲むのよっ」

「今日は本は駄目《だめ》だ。余に話を聞かせるのだろう」

劉輝は今度こそ布団にもぐりこむ。秀麗はこめかみを押さえた。

「……あなた全っ然人の話聞いてないわね」

二胡をかまえる秀麗を見て、劉輝はちょっと目を丸くした。

「……秀麗、二胡弾《ひ》けるのか」

「……、笑わないでね。王宮の楽士にかなわないことくらいわかってるわ」

二胡のやわらかく清冽《せいれつ》な音に目を細めながら、劉輝は手を伸《の》ばした。秀麗の長い髪《かみ》にふれるかふれないかのところでためらうように止まると、結局そっと手を引っ込めた。

楽士顔負けの見事な音色にすぐうつらうつらしながら、劉輝が最後に見たのは、銀杯《ぎんぱい》だった。


夜遅《おそ》く――絳攸は今夜も府庫にいた。向かいには楸瑛が立っている。邵可は別室にこもっているため、開架《かいか》書庫には二人しかいなかった。

楸瑛は書棚《しょだな》にもたれかかった。その瞳《ひとみ》が皮肉げな光を宿す。

「勉強は邵可様、武術は宋太傅…か。十年以上も彼らに習ってたとはね。主上は文武ともに国一番の師をもってたってわけだ」

「……ほとんど毎日朝から晩まで府庫にいた王に、してやれることといったらそれしかなかった、と邵可様が言っていた。なんて贅沢《ぜいたく》なんだ。あの邵可様直々に教えを受けるとは……」

「宋太傅とも府庫で知り合ったらしいね。いつも青あざつくって府庫にきていた王を、たまたま府庫にやってきた宋太傅が見つけて、『いじめられたまま泣き寝入《ねい》りとは何事だッ』って怒《おこ》

って、それから暇《ひま》を見つけては王をビシビシしごいてたって。よくもまあ彼についていけたものだな」

宋太傅は名将中の名将だが、彼の訓練は厳しすぎて誰《だれ》もついてこれないため、現役《げんえき》を退《しりぞ》いたあとは羽林軍の指南役にも配属されなかった。前王が嘆息して「お前が指南をしたら軍は一日で全滅《ぜんめつ》だ」と言ったとか言わないとか。

「青あざ……か」

絳攸の呟《つぶや》きに、楸瑛は肩《かた》をすくめた。

「まあ、見当はつくよね。後ろ盾《だて》のない末の公子に、五人――いや、四人の兄か。一日中府庫にいた理由もそれだろうね。どうりで邵可様に心を許してるわけだ」

（……この韜晦野郎《とうかいやろう》）

内心で吐《は》き捨てて、絳攸はじろりと楸瑛を睨《にら》みつけた。

「お前、あの昏君《ばかとの》演技に、最初っから気づいてやがったな？」

楸瑛は軽く笑った。

「一目でわかるよあんなの。反射神経の鋭《するど》さも、足運びも、視線の配り方も、全部武官特有のものだ。あらゆる事態に常に備え、何気ない動作のすべてにムダがない。あれは礼儀《れいぎ》作法では絶対身につかないからね。多分、本人無意識だよ。――あれは剣をもたせたら相当いくだろうね。一度手合わせしたいくらいだよ。……さすがに誰が指南したかまでは知らなかったけど」

「なんで言わなかった！」

「君ならそのうち気づくと思ったからさ。事実、気づいたろう?」

忌々《いまいま》しいとばかりに絳攸は鼻を鳴らした。

「ああ、あんな速さで知識を吸収するやつがいるわけない。進歩が速いと秀麗は単純に喜んでいるが、この俺が数年かけたものをたった数ヶ月で追いつかれてたまるか。単に小出しにしてただけだ」

「そうみたいだね」

「……それほど嬉《うれ》しくなさそうだな?」

「どんなに高い能力をもっていても、使わなければ無能と同じだろう。『彼はこんなに凄《すご》いんです、ただ見せないだけで』……そんなものになんの意味がある? どんな理由があったとしても、そんなことは私たち下の者には関係ない。その行いと、結果がすべてだ。そうだろう? 王となったならその責務を果たすべきだ。自らの能力のすべてを賭《か》けて。それが王だ。才があっても使おうとしないならやっぱりただの甘ったれのバカ殿《との》だよ」

楸瑛は冷ややかに笑った。

「そしてその才を使うも使わないも彼の問題であって、私が口出しすべき問題じゃない。そこまで言ってやるほど私は面倒《めんどう》見もよくないし、優《やさ》しくもないんでね」

厳しい横顔には、いつもの軽薄《けいはく》さは微塵《みじん》もなかった。

絳攸は知っている。楸瑛が滅多《めった》に本気にならないのは、彼が決して妥協《だきょう》を許さないからだ。彼の求める理想は高く、決してそれを曲げることはない。彼は多くのものを相手に望む。そし

て実はそれ以上に厳しく己《おのれ》を律している。軽い調子と女性関係の華《はな》やかさにごまかされがちだが、彼ほど理想主義で自分に厳しい男はいない、ある意味いちばん軍人らしい男だった。ゆえに一度本気で仕えると決めたなら、彼は誰より誠実で、私心のない臣となるだろう。けれどそこに至るまでの壁《かべ》は高い。彼は何一ついわないからだ。無言で求め、やはり無言で判断する。今のところその壁を越《こ》えたのは彼の上官、黒燿世《こくようせい》くらいだろう。

彼は今まさに王を仕えるに足る君主か、判断している真っ最中なのだ。けれど。

「……言うつもりのないことを俺に言ったのは、少しは見込みがありそうだからか？」

「そうだねぇ。秀麗殿のおかげで、まあ、ちょっとは面白《おもしろ》くなってきたからね」

「まあな。秀麗はよくやっている。しかし」

絳攸は渋面《じゆうめん》になった。

「……もし王がバカのふりをしていたのに気づいたら、どういう反応をするか……」

「政事も勉強も全然何も知らなかったってすっかり信じてるからね。君が一から政事を教えたせいもあるだろうけど。バレたら凄い怒るだろうねぇ。王もお気の毒に」

「自業自得《じごう》だ。今まで人を騙《だま》しやがって。そのくらいの雷《かみなり》は甘んじて受けろってんだ」

「――それよりさ、君、上司に呼びつけられたんだって？」

絳攸の表情が変わる。朝廷随一《ちようていずいいち》の才人の名にふさわしい、厳しく鋭い表情に。

「なんで知ってる」

「君が吏部《りぶ》で半日、あちこち彷徨《さまよ》うようにうろうろしてたって聞いたから」

険しい表情は瞬時《しゅんじ》に崩《くず》れた。

「うううるさいっ。あれは目印がだなっ」

「はいはい、で？」

顔は笑いつつも、その瞳は笑っていない。

「――何の用件だったんだい？」

絳攸は口をつぐんだ。慧眼《けいがん》と名高いその瞳が感情を消していく。ややあって彼は呟いた。

「――秀麗へ、純銀の茶器を預かってきた」

楸瑛の顔から笑《え》みが消えた。


「――香鈴」

「あ、珠翠様」

香鈴の室に一歩踏《ふ》み入った珠翠は驚《おどろ》いた。床《ゆか》一面に文《ふみ》が散らばっていて、足の踏み場もない。

珠翠は思わず苦笑《くしょう》した。

「どうやら、噂《うわさ》は本当だったようですね」

「え？」

「香鈴は、就寝《しゅうしん》前に愛《いと》しい人からもらった文を全部読み返すのだと、もっぱらの噂です」

真っ赤になる香鈴に笑いながら、珠翠は懐《ふところ》から文を取り出した。

「この中に紛《まぎ》れてしまわないといいけれど——はい、新しい文が届いていますよ」

瞬間《しゅんかん》、香鈴の顔がぱっと輝《かがや》いた。押し戴《いただ》くように文を受けとると、宝物のように胸に抱《だ》く。

その表情《かお》に、珠翠は驚いた。匂《にお》いたつような艶《つや》めいた顔。山ほどの文はてっきり家族からだと思っていたけれど、これは——。

「……本当に愛しい人からの文だったとは」

香鈴は笑った。はい、と小さく囁《ささや》くその顔も、いつもと同じようで、まるで違《ちが》う。

「香鈴……どうして、後宮にあがったのです？　これほど頻繁《ひんぱん》に後宮に文を寄越《よこ》せる方ならば、いずれ相当の官位の方でしょう。婚姻《こんいん》とまではいかずとも、婚約くらいはできたはずでは」

いいえ、と香鈴は言った。目を伏《ふ》せ、ゆるく頭《かぶり》を振《ふ》る。

「……そのかたは、私が想《おも》うようには、私を想ってくださってはいませんから」

「これほど頻繁に、お文をくださるのに、ですか？」

「優しい方なんです。とても優しい方……。後宮にあがった私を、いつも心配してくださって、こうしてお文をくださるのです。いつも、何くれとなく気遣《きづか》っていただいて……数ならぬこの身には、余るほどの幸せです」

珠翠は瞠目《どうもく》した。

香鈴の想いが、一時の熱病のようなものではないことはすぐに知れた。なぜなら、その想いの形を、珠翠自身も痛いほどよく知っていたから。

返されることのない想い。そうと知っていて想いつづけることのできるひたむきさ。その想

いを胸に秘《ひ》め、決して面《おもて》に出すことなく。何も求めず、幸せだと言い切ることのできる強さ。

香鈴の姿は、遥《はる》か昔の自分を思い出させた。思わず、口をついて問いがこぼれおちる。

「……つらくは、ないのですか……？」

はい、とも、いいえ、とも香鈴は言わなかった。どちらも嘘《うそ》だと、彼女は知っていた。それほどの想いを、この歳《とし》で知ってしまったのは、幸せなのか——不幸なのか。

（……いいや。不幸では、ない——）

なぜなら、珠翠は決して不幸ではなかったから。長い長い間、返されることのない想いを抱《かか》えても、会うことさえできなくなっても、それでも珠翠は不幸ではなかった。

だから、次に香鈴が口にするであろう言葉も珠翠には予想できた。

あきらめではない微笑《びしょう》を浮《う》かべて、やはり香鈴は言った。

「——想いを返されるから、人を好きになるのではないでしょう？　その方にお会いして、わずかでも共に時を過ごせました。本当に大切にしていただきました。たくさんの幸せをいただきました。これ以上を望むことなんて、できません」

ただ——と、香鈴はポツリと呟《つぶや》いた。

「いただいたたくさんの幸せの、お返しもできずに後宮にきてしまったことだけが、心残りです。私も何かしてあげたかった。あの人のために——生きたかった……」

それは、何も望まぬという彼女のこぼした、たった一つの望みだったろう。

「紅貴妃《きひ》様が羨《うらや》ましい。好きな人のそばにいられて、想われて……これ以上ないほどお幸せで

いらっしゃる」

そのときの香鈴の微笑は、透きとおるように美しかった。

香鈴の室を出たあと、珠翠は一人になれるところを探して回廊《かいろう》をそぞろ歩いた。

月を見上げる。欄干《らんかん》に手をつき、珠翠は目を閉じた。

——大切な、人……。

ざぁっと、風が吹《ふ》いた。濃密《のうみつ》な春の香《かお》りがただよう。

想いを返してくれるから、好きになるのではない——香鈴の言葉が耳にこだまする。

そう——その通りだ。返される想いなどないと知っていても、この想いは在る。その人に会えた幸運。与《あた》えられたたくさんの幸せな時間と、想い。たとえ会うことが叶《かな》わなくなっても——それは、寂《さび》しく、哀《かな》しいけれど——決して、不幸ではない。そう思えるほどの。

多くを望まない……そう思うのは、あきらめからではない。その人に出会えたことが、何にもまさる奇跡《きせき》だから。それ以上多くを望むなど考えられないだけだ。

香鈴の姿は、珠翠が長い時をかけて心の奥に閉じこめていた想いをも引きずり出した。そしてそれが少しも薄《うす》れてはいなかったことに、改めて珠翠は驚く。

その事実に安堵《あんど》する反面、自嘲《じちょう》もする。いったい自分はいつまでこの想いを抱えているのだろう。十年以上もしがみつくように残っている、このただ一つの想いは。

――それでも、捨てられない。

香鈴の姿が思い浮かぶ。

――あの人の目に、私の姿は香鈴のように映っているのだろうか。香鈴と同じ顔を、自分はしているのだろうか。

願わくば、香鈴のように、この想いをわずかでものぞかせることなく、きれいに押し隠《かく》すことのできる強さが自分にあるように。

想いを返されることのない自分たちの、それはたった一つの矜持《きょうじ》だったから。

●❋●❋●

翌朝。

目の前にある劉輝の顔を見て秀麗は仰天《ぎょうてん》した。

――なななんでっ？　もう昨日の朝みたいなことがないよう上掛《うわが》けをもって室の隅《すみ》に転がってたのに、なんでまたふかふかの寝台《しんだい》で、しかも昨日と同じに――だ、抱きしめられて――。

「ああ、余が夜中に連れてきた」

朝餉《あさげ》の席で悪びれもせず劉輝は言った。秀麗は顔を真っ赤にして卓子《たくし》を叩《たた》いた。

「なななんだってそんなことしたのよ――っ」

「だって、あれは秀麗の寝台だろう」

「私は床《ゆか》で寝《ね》たかったの！」

「硬《かた》いところで寝ると、次の日節々《ふしぶし》が痛むぞ」

妙《みょう》に現実的なことを言う。しかし秀麗の怒《いか》りはおさまらない。

「たとえそうでも、よりによってあ、あんな体勢で寝ることないでしょう⁉」

劉輝はもぐもぐとご飯を食べながら真顔で答えた。

「だって、秀麗の体はやわらかくて抱きしめて寝ると気持ちがいいんだ。よく眠《ねむ》れる」

秀麗の顔がみるみる真っ赤に染まっていく。怒りではなく、恥《は》ずかしさでだ。怒鳴《どな》ろうとしたが、声も出なかった。——いまだかつてこんなことを言われたことはない。

(誰《だれ》かこのバカ王か私のどっちかを今すぐこの場で埋《う》めてちょうだい！)

心のなかで絶叫《ぜっきょう》した秀麗は、午《ひる》の講義に劉輝一人叩き出したのだった。

今日の講師は茶《さ》太保《たいほ》であった。穏《おだ》やかな人柄《ひとがら》ながら前王の御代《みよ》では霄太師《しょうたいし》に次ぐ文官として手腕《しゅわん》を発揮した、凄腕《すごうで》の政治家である。決して声を荒《あら》げることのない温厚なその人柄は、厳しい宋太傅《そうたいふ》と違《ちが》って下《した》の者にも慕われている。

茶太保は王が一人だけなのを見て、おやと眉《まゆ》を上げた。

「紅貴妃はどうされました」

「……何やら、疲《つか》れているらしい。今日は余だけだ」

茶太保は意味ありげに笑った。彼も枯《か》れたとはいえ男である。

「いけませんな、主上。紅貴妃がいくらかわいらしくとも、まだ年若い女子《おなご》ですからの。お体をいたわってさしあげねば」

「……そうしたつもりなんだがな」

そうしたら、怒られた。なんでだろう。劉輝は首を傾《かし》げた。

二人の会話は一見成立しているようで食い違っていた。しかし当人たちは気づかない。

「仲睦《なかむつ》まじいご様子で、私も安心いたしました。お世継《よつ》ぎももう問題ないですな」

劉輝もとりあえず否定はしなかった。事実はかなり違うのであるが。

茶太保は髭《ひげ》をなで、冗談《じょうだん》交じりに言った。

「どうですかな？　私の孫娘《まごむすめ》も紅貴妃に負けないいくらい美人で気だてのよい娘ですぞ。後宮に新しい華《はな》を添《そ》える気になりましたら、ぜひご一報くだされ」

劉輝は目を瞬《しばたた》いた。そんなことは考えもしなかった。

――今はもう、秀麗がそばにいれば、それでよかった。いちばん安心して眠れる場所を、彼は見つけてしまったから。

「……余の妃《きさき》は、秀麗だけでいい。ほかはいらない」

あまりにもまっすぐなのろけに、茶太保は面食《めんく》らい、次いで苦笑した。

「私のほうが照れてしまいますのぅ。もう紅貴妃に骨抜《ほねぬ》きですな」

茶太保は首を振《ふ》り、「こういうのを今時《いまどき》の言葉でめろめろと言うんでしょうな」と真面目《まじめ》に

言ったが、劉輝は今時のことに疎《うと》かったので、なんとも答えられなかった。

「——李絳攸様、藍楸瑛様」

人気《ひとけ》のない回廊で呼びかけられた二人は、足を止めて振り向いた。

あらたまった顔で立っていたのは見知らぬ青年侍官だった。彼は丁寧《ていねい》に礼をすると、恭《うやうや》しくあるものを差し出した。

「——主上から、お二方へと、言付かって参りました」

それを見た途端《とたん》、二人は押し黙《だま》った。ややあって楸瑛が確かめるように訊《き》いた。

「主上から——これを私たちにと？」

「はい」

楸瑛は思わず笑いをもらした。

「おやおや……これは参ったね。——まさか、こうくるとはねぇ」

侍官の手にあるのは、二輪の花菖蒲だった。

「しかし普通《ふつう》、生花で渡《わた》すかい。ずいぶん大雑把《おおざっぱ》だね」

「……私もそう申し上げたのですが、主上が急ぎゆえ、そこらから適当に摘《つ》んでいけ、と」

「急ぎ、ね。なるほど。それは評価してもいいね」

楸瑛はつと、花菖蒲《はなしょうぶ》を一輪抜《ぬ》きとった。ためらいのないその仕草に絳攸は片眉を上げた。

王からの〝花〟を受け取る——その意味は。

楸瑛はいたずらっぽく絳攸に笑いかけた。

「——君はどうするんだい？」

絳攸はやや沈黙《ちんもく》したのち、あきらめたように溜息《ためいき》をついた。そして残りの一輪をとる。

「——主上に、承《うけたまわ》りました、と伝えてくれ」

侍官は儀礼《ぎれい》的ではない心からの微笑《びしょう》を浮《う》かべると、一礼して去っていった。

「……まさかお前があっさり受けとるとは思わなかったぞ、楸瑛」

受け取れば、心からの忠誠を王に誓《ちか》うことを意味する、〝下賜《かし》の花〟。

「私も思わなかった。だけど、まあいいかなってね。まさか花菖蒲とは思わなかったしねぇ」

こめられた意味は、〝あなたを信頼《しんらい》します〟——。

まだその気のなかった楸瑛にさえ手を伸《の》ばさせた、それは絶妙《ぜつみょう》の花選択《せんたく》。

「——しかも花色は紫《むらさき》」

楸瑛は花弁に顔を寄せた。

「〝花〟に二重の意味をこめるなんて、なかなかやるじゃないか。こういう気の利《き》いたやりかたは、私好みだ」

「……気が利くかどうかはともかく、確かに、この速さは合格だ」

「じゃ、早速《さっそく》、やるべきことをやるとしますか」

楸瑛は笑った。どこか嬉《うれ》しそうに——そしてやや剣呑《けんのん》な目で。

「今日は、午後のお出かけはおやすみなんですか？」

香鈴の愛らしい声に、秀麗はなるべくやわらかい微笑と声になるよう必死で努力した。

「ええ。今日は……気分がすぐれなくて。刺繍《ししゅう》でもしているつもりなの」

本当はむしゃくしゃ気分の時は思いっきり家事洗濯《せんたく》をするのが秀麗なりの発散方法なのだが、悲しいかな、後宮で貴妃《きひ》が洗濯などできるわけもない。おとなしく刺繍でもするしかなかった。

（あーもう思いっきり麺生地《めんきじ》とか棒でぶっ叩いて俎板《まないた》に叩きつけたいっっっ!!）

ぷちぷち刺繍なんぞやっていては余計に苛々《いらいら》しそうだ。しかし香鈴は気づかない。

「何かお薬湯とかいただいてきましょうか？」

そしてポッと顔を赤らめる。

「ご気分がすぐれないのも、主上の愛の証《あかし》ですね」

秀麗は思い切り自分の指に針をつき刺《さ》した。何とか悲鳴をこらえるが、これは痛い。いつもの癖《くせ》で傷口をなめそうになったとき、脇《わき》から珠翠に手首をつかまれた。

「秀麗様、傷薬を塗《ぬ》りますね」

吹《ふ》きだす寸前の珠翠の顔を、秀麗はじとっと睨《にら》みつけた。香鈴が慌《あわ》てて薬箱を用意しつつも、絨毯《じゅうたん》に落ちてしまった刺繍布も拾い上げる。糸目を見て、ほぅっと安堵《あんど》の溜息をつく。

「よかったですわ。血がついていません。……それにしてもなんて美しいお刺繍でしょう。本

当に、紅貴妃様はなんでもできるんですね。私、お針はとっても苦手なんです」

「そ、そう…かしら？　毎日のように針をもっていたので、そのせいかもしれませんね」

実際は刺繍のためでなく、古着のボロを繕《つくろ》うためにせっせと針仕事をしていただけなのだが。

ちなみに刺繍なんぞ優雅《ゆうが》な真似《まね》は（賃《ちん》仕事以外）ここ数年やったことはない。

「香鈴も、どうかしら？　よろしければわたくしが教えてさしあげますわ」

香鈴は嬉しげに瞳《ひとみ》を輝《かがや》かせた。そしてちょっとためらったあと、こくりと頷《うなず》いた。

手ほどきを受けて、絹の手巾《てぬぐい》に真剣《しんけん》に針を刺していく香鈴に、秀麗は何気なく訊いた。

「……どなたかにさしあげるおつもりなのかしら？」

途端、香鈴は林檎《りんご》のように頰《ほお》を赤くした。秀麗は内心おおっと声を上げたが、表情はあくまでも穏《おだ》やかなにこやかさを保つ。――深く詮索《せんさく》できないところがお嬢《じょう》様のつらいところだ。

「大切なかたのようですのね。羨《うらや》ましいわ」

「紅貴妃様にも、主上がいらせられるではありませんか」

香鈴はうふふ、と笑う。まったくの本心からいっているとわかる、邪気《じゃき》のない笑顔《えがお》だ。

「いつもご一緒《いっしょ》で、羨ましいです。とても仲がおよろしくて。きっと今宵《こよい》もおいでになりますわね」

「…………。……あッ、珠翠も一緒に刺繍はどうかしら？」

秀麗はかなり強引《ごういん》に話題を変えた。しかし珠翠は困ったように針と糸を見た。

いいえ、と珠翠は珍《めずら》しく自信なさげに呟《つぶや》いた。

「私も、裁縫《さいほう》は、少し……」

秀麗はびっくりした。何でもそつなくこなしてしまう珠翠が。

「あなたにも苦手なものがあったのね。でもお裁縫は良家の姫《ひめ》の必須《ひっす》条件でしょう？　相当叩《たた》きこまれ……いえ、しつけられたでしょうに」

後宮の女官になるには厳しい選抜《せんばつ》を受けねばならない。第一の条件は家柄《いえがら》だ。後宮にいる以上、珠翠もかなりの家の出のはずだ。しかし珠翠は驚《おどろ》くべきことをさらりと言った。

「いえ、私は養女みたいなものでしたから」

「養女？」

「ええ、幼い頃《ころ》に拾われたんです。……ちょっと変わった方でしたので、しつけ、というか、礼儀作法は学んだのですが、こういう、趣味《しゅみ》のような範囲《はんい》のものはあまり習わなくて」

秀麗は驚いた。けれど同時に納得《なっとく》もした。珠翠はほかの女官たちとは少し違《ちが》う気がしていたからだ。ぴしっと一本芯《しん》が通っているところは、苦労知らずのお嬢様とはちょっと違う。見ると香鈴も驚いたように目を丸くしている。

「でも、後宮にまであげてもらえるなんて、とても大切にされていたのね」

秀麗が心から言うと、珠翠は少しだけ沈黙し、そしてええ、と笑った。

「私にとっても……とても大切なかたです」

「どなたなんですか？」

香鈴が好奇《こうき》心《しん》からか、熱心に訊《き》く。秀麗はたしなめた。

「いけませんよ、香鈴。後宮では相手の姓を訊くのは禁じられているでしょう？」

余計な権力争いを防ぐため、後宮では正式な妃嬪《ひひん》以外、姓はあかさないのが原則だ。勿論《もちろん》貴妃である秀麗は知ることもできたが、仮の妻《つま》ということでその権力は行使していない。ゆえに秀麗もいまだに珠翠と香鈴の姓は知らなかった。

香鈴は残念そうに、はい、と答えた。そして再び刺繍に集中しはじめる。

「花柄《はながら》の手巾《てぬぐい》ね。きれいだわ」

少々不格好な糸目も微笑《ほほえ》ましい。秀麗はちらっと珠翠を見た。

「珠翠も、針をおとりなさい」

「え……」

「苦手なら、克服《こくふく》しなくてはね」

さっきの仕返しとばかりに、秀麗はふんぞり返った。

「あなたもその大切な人にさしあげたらどうかしら。少しはやる気になるでしょう？」

珠翠はいかにも情けなさそうな顔をしながらも、渋々《しぶしぶ》裁縫箱に手を伸ばしたのだった。

「……これを、余に？」

その晩また劉輝がのこのこやってきても、もう秀麗は驚かなかった。半ばあきらめて室へ入れてやり、思いついて、午間《ひるま》ちくちく縫《ぬ》っていた手巾を軽い気持ちでポンと手渡《てわた》した。

劉輝は何か珍品《ちんぴん》でも眺《なが》めるようにしげしげと手巾を見やった。

「秀麗が縫ったのか？」

「桜の模様が突然《とつぜん》浮き上がったんでなければ、私が縫ったんでしょうね」

「……余がもらってもいいのか？」

「いいわよ。あなたのおかげで縫い上がったんだから」

一日中「ついに本物のご夫婦《ふうふ》に！」視線にさらされ、たまっていた鬱憤《うっぷん》を晴らすために。

秀麗としてはかなり皮肉がこもっていたのだが、この妙《みょう》に天然な男にはさっぱり通じなかったらしい。そっと桜模様に指で触《ふ》れると、床《ゆか》に座り込み、大切そうにきちんと畳みはじめた。

「余は、誰《だれ》かにものをもらうのは初めてだ」

しみじみと呟かれて、秀麗はとっさに返す言葉がなかった。

「……そ。私、刺繍なんて滅多《めった》にやらないから、貴重品よ？　大事にしてね」

「……静蘭にも？」

「え？」

「静蘭も、もってないのか」

「あー…そうね、繕いものはさんざんしたけど、刺繍はあんまり記憶《きおく》にないわね」

途端《とたん》、何やら劉輝の機嫌《きげん》がよくなった。せっかく畳んだ手巾を広げると模様を指でなぞる。

「こんなの、どうやってつくるのだ？」

「ああ、男の人は針仕事なんてしないものね。待ってて」

秀麗が裁縫箱をとりだそうとしたとき、ちょうど珠翠が酒杯《しゅはい》をもって入ってきた。

「今日は、主上のおいいつけで御酒《ごしゅ》をおもちいたしました」

「お酒⁉」

「軽めの酒だから、秀麗でも飲める」

さっさと酒杯を受けとり、劉輝は珠翠を下がらせる。しかも彼は、またまた例の銀杯《ぎんぱい》に勝手に酒を注《つ》ぎはじめた。――あれは茶器なのに。

「…………」

秀麗はもう何も言う気力もなく、裁縫箱を開けた。そして眉《まゆ》を寄せる。

「やーね、もう錆《さ》びてきてるのがあるわ。出入りの商人にぼったくられてるんじゃないの」

劉輝がひょっこり裁縫箱をのぞく。男には何をどう使うかもわからない未知の物体の数々である。神妙《しんみょう》な顔でそろっと手を伸《の》ばすと、それが秀麗の腕《うで》と当たった。

「ああ――――っっ!!」

劉輝の手にしていた酒杯が落ち、見事に裁縫箱に酒がぶちまけられた。秀麗は蒼白《そうはく》になった。

「な、なななんてことするのよあなたは――――っ!!」

「う…わ、悪かった」

素直《すなお》に謝った劉輝だったが、秀麗の剣幕《けんまく》はすごかった。

「もうもう信じらんないっ！　この中に入ってた絹の切れっ端《ぱし》だって売れば結構いくのに！」

……怒《いか》りの矛先《ほこさき》がやや違《ちが》うような、と劉輝は思ったが、思うだけにとどめた。

「その、あとで、別のを……届けさせるから」

「ばかっ。なに言ってんのよ！　洗えばいいでしょ洗えば！　ほら、私は絨毯《じゅうたん》の染《し》み抜《ぬ》きするから、あなたはお裁縫箱からお酒捨ててきなさいっ」

「……わ、わかった」

こういうとき、世の夫と同じく劉輝は秀麗《つま》に逆らえない。中身をこぼさないよう、そおっと裁縫箱を持ち上げると、裁縫箱の酒を捨てるべく回廊《かいろう》へ出ていく。

言われたとおり縁側《えんがわ》に座り込んで一つ一つ水を切り、しょんぼり肩《かた》を落として帰ってきた劉輝だったが、今度は「針の数が足りないっ」とまたまた秀麗に怒《おこ》られたのであった。


「……まったく……」

秀麗は二胡《にこ》を弾《ひ》く手をとめた。秀麗の寝台《しんだい》では昨日と同じように劉輝がぐっすりと眠《ねむ》りこんでいる。まるで手のかかる子供をもった気分だ。

布団《ふとん》をかけ直してやりながら、まじまじと寝顔《ねがお》を見る。ひっぱたきたくなるほど整った顔立ちだった。彼がもし年相応の精神年齢《ねんれい》で、秀麗の思い描《えが》いていたとおりの英君だったら、絶対こんな風にそばにはいられなかったろう。

秀麗は十人並みの容姿をよく自覚していた。自分の顔は決して嫌《きら》いではなかったが、それでもこんなにきらきらした王宮で、自分よりも数段美人の女官や侍女《じじょ》ばかりに囲まれていると、

さすがにしょげてくる。もっと綺麗だったらよかったのに、と。

秀麗は自分の指を見た。毎日毎日働いて、日焼けして荒《あ》れていた肌《はだ》は、侍女たちが毎日一生懸命《けんめい》お手入れしてくれたおかげで、ずいぶんましになっていた。いつも夢見ていたような、白くてすべすべの肌に限りなく近かった。けれど節の目立つ指だけは、どうすることもできなかった。……でも、多分、それでいいのだ。

きれいな衣《きぬ》をまとっても、しずしず歩いてみせても、秀麗の本質は変わらない。本物のお姫《ひめ》様にはなれない。そして本当の貴妃《きひ》にも。節くれだったこの指のように、ごまかすことなどできない。

いつかは家に帰る。父様と静蘭の三人の暮らしに戻《もど》るのだ。それは決して忘れてはいけない、大切なこと。そして……多分、その日は遠くない。

秀麗は劉輝の寝顔を見つめた。

彼は日ごと王らしくなっていく。自分の役目など、もうほとんどない。

近いうちに、秀麗は家へ戻されるだろう。そうしたらすぐに美しく聡明《そうめい》な貴族の娘《むすめ》たちが、競うように後宮入りをしてくる。才色兼備《けんび》の美女たちを見れば、きっと彼だって考えを改めるはずだ。別に絳攸様みたいに極度の女性嫌《ぎら》いというわけでもないようだし。美形の王なら、隣《となり》は美人のお姫様と相場が決まっている。

(たとえば、珠翠や、香鈴みたいな)

自分で考えておいてちょっと落ち込んだ。……でもいいもん、こんな私が好きだって言って

くれる人だってきっとどこかにいるはず。

くしゃくしゃと劉輝のくせのよい前髪《まえがみ》をかきまぜる。

けれど自分の指を見て、秀麗は手を離《はな》し、そっと袖《そで》のなかに隠《かく》した。

決して恥《は》じてはいない。けれどやっぱり、この美しい宮には異質なものだった。

そしてこの美しい王にも。

それが、少し悲しかった。

溜息《ためいき》をついて、秀麗は上掛《うわが》けをもった。そして今夜こそ寝覚《ねざ》めの悪夢から逃《のが》れるべく、隣の室《へや》へと移ったのだった。


異変が起こったのは、秀麗が隣室《りんしつ》に移ってから数刻後のことだった。

凄《すさ》まじい絶叫《ぜっきょう》が夜陰《やいん》を貫《つらぬ》いて、秀麗は文字通り飛び起きた。

寝ぼけつつも声のしたほう――劉輝を一人で残してきた室へとっさに飛び込んだ。

「なっ、なにっ？　どうしたの!?」

灯《あかり》を消してきたので室は真っ暗だった。けれど秀麗は目をすがめて、何が起こっているのか見ようとした。賊《ぞく》が忍《しの》び込んできたのかと思ったが、それらしき様子はない。けれど劉輝は何ごとか叫《さけ》びながら寝台の隅《すみ》で頭を抱《かか》えて丸くなっていた。

秀麗は慌《あわ》てて寝台に飛び乗り、劉輝を揺《ゆ》さぶった。

「ちょ、ちょっとどうしたの？　何かあったの、どこか痛いのっ⁉」

劉輝は揺さぶる手に気づくと、その手を伝って秀麗の腰《こし》に腕を回した。がたがたと震《ふる》えながら、彼は秀麗を引き寄せた。まるですがりつくようにきつく抱《だ》きしめられ、秀麗は仰天《ぎょうてん》する。

「ちょ、ちょっと……本当にどうしたの。……い、いた、痛いってば」

抱きしめるというより抱きつぶすようだった。この体のどこにと思うほどの力で抱きしめられ、秀麗は本気で骨が折れると思った。

しばらくして、悲鳴を聞いた珠翠が駆《か》け込んできた。血相を変えて訊《き》く。

「秀麗様――賊が⁉」

「う、ううん、違《ちが》うみたい。でもなんか主上の様子がちょっと変……いいいたいっ。だ、だからえーと、花瓶《かびん》を蹴倒《けたお》してぶつかって悲鳴を上げたってこと……にしと、いたた、て、みんな帰してあげて。お、落ち着かせてみるから」

秀麗を抱きしめてから劉輝の悲鳴は止まったが、それでも震えはつづいている。

本気で痛そうな秀麗に、珠翠は気遣《きづか》わしげに訊いた。

「……大丈夫《だいじょうぶ》ですか？」

「死ぬほど痛いって。で、でも我慢《がまん》するから大丈夫。珠翠も、寝ててい…いいいたいっ」

「王の腕に抱きつぶされるなんて、なかなか夢をかきたてられる情景ですね」

「……珠翠……」

「冗談《じょうだん》です。隣の室に待機してますから。圧死しそうでしたらお呼びください」

賊ではないと知って安心したらしく、珠翠は少し笑うと室の外に集まってきた女官や侍官《じかん》を散らすべく出て行った。

秀麗はそれを見届けたあと、顔をしかめて劉輝の頭を見下ろした。早く落ち着かせないと本当に圧死しかねない。見たところ、彼はどうやら錯乱《さくらん》しているらしかった。落ち着いてなんて言っても聞こえそうにない。さて、どうしたものか。

一発殴《なぐ》ろうかと思ったそのとき、秀麗は寝台のそばに二胡を見つけた。すぐに手を伸ばしたが、届きそうでなかなか届かない。しかも秀麗が逃《に》げようとしているとでも思ったのか、劉輝はますます強く自分のほうへ引き寄せようとする。

「ち……ちょっとちょっと！」

ようやく二胡をつかんだときには、秀麗も相当疲労困憊《ひろうこんぱい》していた。かなり無理な体勢だったが、なんとか寝る前に弾いてやった曲を弾きはじめる。

その効果は徐々《じょじょ》にあらわれた。震えが小さくなり、だんだん腕の力も抜けていった。そして二胡を弾きはじめてから半刻《とき》――劉輝はそろそろと顔を上げた。

「……秀麗……？」

秀麗は二胡を弾くのをやめて、頷《うなず》いた。

「そうよ。……もう大丈夫？」

「……どこに……そなたはどこにもいなかった……！」

なぜ怒られるのかはわからなかったが、秀麗は逆らわなかった。劉輝は今にも泣きそうな顔

をしていた。二胡をかたわらに置いて、その前髪を優《やさ》しく払《はら》ってやる。

「ごめんなさい」

「……闇《やみ》……は……嫌いだ……」

秀麗は抱きしめられたままの姿勢で、黙《だま》って劉輝の背をなでた。

――ずいぶん長い時間がたって、劉輝はようやっと腕《うで》をゆるめた。すると今度は頭を秀麗の膝《ひざ》にのせ、仰向《あおむ》けに転がる。

「ちょっ――」

抗議《こうぎ》の声も、まだ青いその顔を見ては、それ以上つづかなかった。秀麗は溜息をつき、劉輝の頭を軽くなでてやった。

劉輝は片腕で目を覆《おお》って、不規則な呼吸を整えていた。

「……闇のなかで……一人は……嫌いなのだ……」

「どうして……？」

「……昔……よく、閉じこめられた……暗いなかに」

秀麗の目が瞠《みは》られる。

「誰《だれ》……に？」

「……母上や……異母兄《あにうえ》たちに」

「――どういうこと」

秀麗は劉輝の腕をつかんだ。怒《おこ》ったような秀麗の顔に、劉輝は目をまたたいた。

「……なぜ、怒る？」

「怒ってないわよ。いいからちゃんと話しなさい」

　劉輝は目を閉じた。溜息をつく。

「……私は、いらない子供だったようなのだ。どうも、生まれてくる順番がまずかったらしい。母上はいつも怒っていた。私が末だったから、父上の愛情が薄《うす》れたと。いつも怒って——かと思えば徹底《てってい》的に無視されて。地下蔵に何日も閉じこめられたこともあった。いつも泣きわめいてる場面しか、正直、記憶《きおく》にない」

「……なんですって」

「三つか四つのころから、かな。そのうち、兄たちが加わるようになった。私はもともと末の公子で忘れられた存在だったし、殴ったり蹴ったりして憂《う》さ晴《ば》らしするにはちょうどよかったようなのだ」

　秀麗の拳《こぶし》が握《にぎ》りしめられる。なんてこと、と彼女は小さく呟《つぶや》いた。

「そうか？　私はそんなことはどうでもよかった。清苑《せいえん》兄上がいてくれればそれでよかった」

「清苑……？」

「私の——二番目の兄だ。読み書きも、算術も、兄上が教えてくれた。お忙《いそが》しかったのに、いつも時間をとって相手をしてくれた。ほかの兄たちにぶたれても、かばって薬をぬってくれた」

「二番目の…って、もしかして」

「ああ。私が六つのとき、流罪《るざい》になった。兄上は悪くなかったのに、外戚《がいせき》の謀反《むほん》を受けて、処《しょ》

罰《ばつ》されてしまったのだ。……私はそれを知らなくて、一年くらい泣き暮らした。どうしてさてくれないのだろう……やっぱり、私が悪い子だったからだろうか……そう、思って」

たった一人になって。王宮のどこにも居場所がなくて。さまようように歩いていたころ。

——影《かげ》のように生きていた。誰も彼を気にも留めなかった。視線さえくれない周りに、自分が本当に生きているのか、存在しているのかも、わからなくなった。

広い広い王宮。けれど彼にはそのどこにも、居場所はなかった。一人で起き、一人で眠《ねむ》り——陽炎《かげろう》のようにさまよい——。

「……でも、そのころ、邵可と会ったんだ」

突然《とつぜん》出てきた父の名に、秀麗は視線を落とした。劉輝は嬉《うれ》しそうに頰《ほお》をゆるめた。

「府庫に行けば……もう、一人ではなくなった。それでも」

ようやく手に入れた安らぎも、日の光が射《さ》さないところでは手のひらをすりぬけた。

「……夜は、嫌《きら》いだ。一人で眠ることも。暗闇《くらやみ》のなかに一人でいると、色々なことを思いだす。嫌《いや》な記憶が、引きずり出されるんだ。忘れていたことも、ぜんぶ……」

毎晩侍官と過ごすのは、そばに人がいないと眠れないからだ。床《ゆか》で眠る秀麗を連れ戻《もど》したのも、ぬくもりが欲しくて抱きしめたのも。

それを知らなくても、秀麗は室《へや》に入れてくれた……本当に嬉しかったのだ。

頰に落ちてきたしずくに、劉輝は視線を上げた。

「……なぜ、泣く?」

「うるさいわね。自分の馬鹿《ばか》さ加減にあきれてるのよ」

仰向《あおむ》けに劉輝は指を伸《の》ばした。秀麗の頬をつたう水滴《すいてき》をすくいとる。

「泣くな」

「泣いてないわよ」

その手を振《ふ》り払って、秀麗はぐしぐしと涙《なみだ》をぬぐった。劉輝はそばに置かれた二胡《にこ》を見た。

「……秀麗、二胡、弾《ひ》いてくれ」

無言で二胡をとると、秀麗は静かに弾きはじめた。優しい旋律《せんりつ》に、劉輝の瞼《まぶた》が落ちていく。

「……秀麗の二胡は、真珠《しんじゅ》みたいだな……」

こぼれおちる音は、ちぎれた真珠の首飾《くびかざ》りのように室に散らばり、静かに輝《かがや》く――玉響《たまゆら》の音。

秀麗は何曲も何曲も二胡を弾いた。やがて膝の上から規則正しい寝息《ねいき》が聞こえはじめると、そっと掛布《かけふ》をかけてやり、劉輝の頭を枕《まくら》へ移した。

劉輝の指は秀麗の袖《そで》をしっかりつかんでいたけれど、秀麗はそのままにして隣《となり》で眠った。

* * *

次の日、秀麗は朝早くに父のいる府庫へ向かった。

「秀麗。こんな早くに、珍《めずら》しいね」

いつものようににこにこと娘《むすめ》を歓迎《かんげい》する邵可に、秀麗も少し笑った。

「おはよう、父様」

秀麗はすとんと邵可の前に腰《こし》をおろした。そのまま黙ってしまった秀麗に、邵可はひらいていた書物を閉じた。彼は何も言わず、娘が口をひらくのを待った。

やがて、秀麗は顔を上げ、まっすぐに邵可を見た。

「──父様は、主上のことを知っていたのね？」

何を、と邵可は訊《き》かなかった。秀麗は昨夜のことを話し──邵可は黙って耳を傾《かたむ》けた。

「……私が劉輝様とお会いしたのは、府庫に着任してしばらくたってからのことだったよ」

話が終わると、邵可はそう呟いた。

「傷だらけで府庫にやってきた幼い少年がいてね。私は驚《おどろ》いて、とりあえず手当てをしてあげた。それから彼は毎日府庫にくるようになった。拾ったばかりのころの静蘭みたいに、無口で表情のない少年でね、彼が『誰』なのか知ったのはだいぶあとだったけれど……長い長い時間をかけて、彼は少しずつ話をするようになった。母君のこと、兄公子たちのこと、そして王宮でただ一人自分を愛してくれた第二公子のことを」

「…………」

「彼は母君や兄上の行為《こうい》には一度も泣かなかった。それが泣くようなことだと、知らなかったのだよ。彼は深く傷つきすぎて、自分が傷ついていることさえ知らなかった。彼の心にあったのは、自分を愛してくれた、たった一人の兄公子だけだった。いつも劉輝様をかばい、愛してくれた──ただ一つの心の拠《よ》りどころだったその方も、けれどいなくなってしまった」

邵可は覚えている。影のように王宮をさまよっていた幼い少年。

清苑公子を捜し、いないことに小さな心を痛めて、それでも彼は捜しつづけた。邵可が真実を教えるまで。幼い彼にとっては永遠にも等しいはずの、一年という月日の間――。

「この府庫にくるときはいつも、彼は傷だらけだったよ。切り傷や擦《す》り傷がないときなんてなかった。彼の母君が亡《な》くなったあとも、兄公子たちの折檻《せっかん》はやまなかった。……味を、しめてしまったのだろうね。中央宮まで行けない私は、だからいつも薬をぬってあげることしかできなかった。そして小さな彼の話し相手になってあげることしか」

邵可は溜息《ためいき》をついた。深く、悲しく。過去のことに思いを馳《は》せて。

「……秀麗、彼は、誰《だれ》もに与《あた》えられるものではないものをもっているね。至高の身分や、大きな宮《みや》や、きれいな衣《きぬ》や、飢《う》える心配がないことや…そういった、誰もが羨《うらや》ましがるようなものを。けれど彼は、誰もが与えられるはずのものは、何一つその手に握れなかったのだよ。母親の愛情や、優《やさ》しい言葉や、頭をなでてくれる手――そんな、絶対に必要なものを」

邵可は娘の目からあふれる涙を、そっとぬぐってやった。

「……私はこう思っていたよ。彼が毎夜誰かと過ごすのは、ひとりぼっちの暗闇が怖《こわ》くて、眠ることができないからではないかと。母君に地下の穀物庫に何日も閉じこめられたり、兄君たちに真夜中の庭院《にわ》に置き去りにされたり……そんなこともきっと、関係があるのかもしれないけれど。でもやっぱり、ずっとひとりぼっちだった彼は、暗い闇のなかでひとりぼっちで過ごすことに耐《た》えられないのだと思う。……彼の心の傷は、まだ癒《い》えてはいないのだね」

何も、知ろうとしなかった。それが恥《は》ずかしくて、情けなくて、秀麗は泣いた。

「……けれど、今は君がいる。私よりずっと近くに。王を……劉輝様を、頼《たの》んだよ、秀麗」

秀麗は頷《うなず》くかわりに、瞼を閉じた。


その晩――。

「……うろうろしてないで、入ったら？」

上から降ってきた声に、秀麗の寝室《しんしつ》近くの庭院をうろついていた劉輝はぎくりと顔を上げた。

いつもどおりの秀麗の様子に、劉輝はホッとした表情を浮《う》かべた。

ややためらったあと回廊《かいろう》にあがった劉輝は、おもむろに秀麗の髪《かみ》をすくいあげると、ついと何かを挿《さ》した。

「な、何？」

「昨日の、お返しだ。楸瑛が、贈《おく》り物をもらったら返すものだと」

「お返し……？」

ああ手巾《てぬぐい》の、と思いだしながら、秀麗は髪をさぐった。何かしゃらしゃらしたものに当たる。

つと抜《ぬ》くと、それはいかにも見事な金銀細工の簪《かんざし》だった。秀麗は喜ぶよりも青くなった。

「ちょ、これって下手したら国宝級の」

言いかけ、けれど劉輝の顔を見て口をつぐむ。涼《すず》やかに鳴る簪に目を落とす。

「……きれいね。あなたが選んでくれたの？」

こくりと劉輝が頷いた。秀麗は思わず笑った。

「ありがと」

贈り物をもらったことがないといっていた。きっと、誰かに贈り物をするのも、それを選ぶのも初めてだったはずだ。秀麗は手早く横髪の一部をまとめると、簪を挿し直した。

「似合う？」

劉輝は嬉《うれ》しそうに微笑《びしょう》した。

「……きれいだ」

秀麗は真っ赤になる。これで素《す》なのだからまったくおそろしい男である。

綺麗《きれい》なのは簪！　とほてった頰《ほお》をはたきながら、秀麗は劉輝の袖を引いた。

「もうあきらめたわ。二胡弾いてあげるから、はいんなさい」

劉輝の目が見ひらかれる。

そして、その夜から彼はひとりぼっちではなくなったのだ。

第四章　暗躍する影の手

『——君の望むものをあげよう』

　そう、あの人は言った。そして何もかも失った自分に手をさしのべてくれた。

　多分、硝子玉《がらすだま》のような目であの人を見つめていたと思う。そしてからくり仕掛《じか》けの人形のようにぎこちなく手をとり——そのぬくもりに、涸《か》れたはずの涙があふれてきたのを覚えている。

　あの人のために生きよう。それが、道標《みちしるべ》となった。

　約束を守ってくれたあの人。望むものはすべてくれた。口にできない最後の、そしてもっとも強い望みを、のぞいて。

　あの人の望むもの。望むこと。今度は、自分がかなえるのだ——。

●　❋　●　❋　●

　秀麗が寝入《ねい》ったのを確認《かくにん》すると、劉輝はむくりと起きあがった。手さぐりで枕元《まくらもと》辺りをぺんぺんと叩《たた》く。微《かす》かなふくらみを確認すると、敷布《しきふ》の下から手をもぐらせてそれ〻をとりだす。

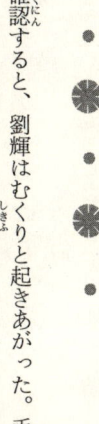

「……香袋《においぶくろ》……」

劉輝はそれを懐《ふところ》にしまって寝台《しんだい》を降りた。いつものように室を歩き、家捜《やさが》しのようにあちこちを見て回る。手燭《てしよく》も灯《とも》していないのに、その足取りは迷いない。寝台の裏まで手を伸《の》ばすと、今度ははりつけられた紙人形を発見する。

いかにも不吉《ふきつ》なその紙人形をひらひらと揺《ゆ》らすと、たたんでこれも胸にしまう。

その晩、彼は他にも三体の藁《わら》人形を筆頭に、香炉《こうろ》から香木をとりだしたり、文机《ふづくえ》の裏から覗《のぞ》く剃刀《かみそり》をはがしたり、櫛箱《くしばこ》をあけて櫛や化粧《けしよう》道具をせっせと布でぬぐったりと、実にまめまめしく働いた。最後に、邵可にもらったという銀の茶器を月明かりにかざしてよくよく見る。

劉輝の目が鋭《するど》く細められる。そして彼はおもむろに銀杯《ぎんぱい》を磨《みが》きはじめた。

磨きながら、寝台ですこやかな寝息をたてている秀麗をちらりと見る。

あどけない寝顔に劉輝の頬がゆるむ。けれどそれも束の間、彼は押収した今日の「戦利品」の数々を見て、むぅと眉根《まゆね》を寄せた。

「……そろそろ、か」

＊

なんだか近頃《ちかごろ》よくものがなくなる気がする――と秀麗は思っていた。

良家のお姫《ひめ》様ならそんなことは気づきもしないだろうが、秀麗はいつもの癖《くせ》で身の回りのも

のにはきっちり気を配っていた。あらゆるものを把握《はあく》し、無駄遣《むだづか》いなく使うことこそ質素倹約《けんやく》の第一歩だからだ。

その秀麗の鋭い眼光は、何やらこまごましたものが消えていくのをいち早くとらえていた。

しかしである。

妙《みょう》なことに、ヘンな形でそれが戻《もど》ってくるのだ。いや、戻ってくるというか――。

「……これを、私に？」

藍将軍は笑《え》みを浮かべて香袋をくれた。若い娘《むすめ》たちに人気の品だという。

「秀麗殿のようなかわいらしい姫にぴったりだと思いましてね。安眠《あんみん》できますよ」

片目をつぶるオマケつき。華《はな》やかな顔立ちの色男だからこそ決まる顔だ。

そして絳攸からは硯箱《すずりばこ》が贈られた。硯や筆など書き道具のすべてがそろっている。

「――しっかり励《はげ》め。お前はなかなか見込みがある。手箱の肥やしにするなよ」

銀を散らした螺鈿《らでん》細工の逸品《いっぴん》だ。絳攸にしては最高の讃辞《さんじ》「なかなか」をさりげなく贈ってくれたので、彼を心密《ひそ》かに学問の師匠《ししょう》と仰《あお》いでいる秀麗は舞《ま》い上がっていたのだが、よくよく考えればこのあいだ、硯箱が消えたばかりだ。

このように、何やら消えたものが新品となって戻ってくるのである。秀麗は首を傾《かし》げた。

しかしもっと気がかりなことがあったので、この件について秀麗は大して深く考えなかった。

気がかりなこと――それは。

「……ねえ、静蘭」

秀麗は静蘭と二人で四阿《あずまや》にいた。劉輝は朝議に出ているため、ここにはいない。

「はい？」

「あなた、もしかして羽林軍でいじめられてるんじゃないの」

「……は？」

ぽかんとする静蘭とは反対に、秀麗は真面目だった。

「腕も立つし顔もいいし、考えてみればいちゃもんつけられないわけないわよね。羽林軍に入ってから前髪おろしてるのも、『ちょっと顔がいいからっていい気になってんじゃねーや』とかって先輩たちに難癖つけられたからじゃないの。なんなら私が藍将軍に言って」

「あ、あのお嬢《じょう》様？　そんなことは全然」

「じゃ、何。ほかに何を悩んでるの？」

十年来のつきあいである。静蘭が秀麗の様子を一目で見て取るように、秀麗にもある程度彼の変化はわかる。このごろ、静蘭は考え込んでいることが多かった。

静蘭は驚《おどろ》いたように顔を上げ、それから苦笑した。

「……かないませんね、お嬢様には。でも、お気になさらないでください。たいしたことではありませんから」

そう言いきられてしまえば、もう何も言えない。秀麗は溜息《ためいき》をつくと、ぺたんと石卓《いしづくえ》に頬を押しつけた。ひんやりとした感触《かんしょく》。秀麗はそのままの格好で静蘭を見上げた。

「……あのねぇ、静蘭」

「はい？」

「なんかあったら、言ってね？　私全然頼《たよ》りにならないかもしれないけど、静蘭が悩んでるの見るの、嫌《いや》だわ。だからって、普通《ふつう》の顔しろって言ってるんじゃなくて、……私がいつも静蘭に愚痴《ぐち》言いまくって発散してるように、私を遠慮《えんりょ》なく利用してほしいって言ってるの」

「お嬢様……」

「でも、きっとダメね」

秀麗はこてんと頰を反対に変えた。

「静蘭、一度もそういうことしたことないもん。まったく、私ったらどうやって積もりに積もった借りを返したらいいのかしら」

借金しまくり返す当てなしなんて最悪だ。

溜息をつく秀麗に、静蘭は微笑を浮《う》かべた。慣れた仕草で秀麗の頭をなでる。

「そんなことありませんよ。とっくに返していただいています」

「……え？」

「お嬢様の元気な様子が、私にとってはいちばんの薬ですから。いつもどおりのお嬢様を見ているだけで、私も元気になれるんですよ」

「……本当？」

「本当です」

静蘭は苦笑した。

「いつだってお嬢様を見てると、なんとかするか、っていう気になるんです。どんな問題も、解決する気力はお嬢様からいただいているんですよ」

秀麗は腕《うで》をついたまま両手を組み合わせると、手の甲《こう》に顎《あご》をのせた。

「……じゃ、今度も？」

ええ、と頷《うなず》いた静蘭は、いつもの微笑《びしょう》を浮かべた。

「私が暗くなっていると、お嬢様まで暗くおなりのようですのでね」

「そうよ。いちばん気にかかってるわよ。だって静蘭いつも貧乏《びんぼう》くじひいてるんだもん」

「……貧乏くじ、ですか？」

「だっていつも自分のこと後回しじゃない。そりゃ、頼ってる私たちが悪いんだけど、いつも私や父様優先で。絶対自分を粗末《そまつ》にしてるもん。私たちだって静蘭が大切なのに」

「それは違《ちが》いますよ」

静蘭はくすくすと笑った。

「旦那《だんな》様とお嬢様が大切だからこそ、いちばんに優先したいと思ってるだけです。私がそうしたいと思ってるんですから、全然貧乏くじなんかじゃありませんよ。それが嬉《うれ》しいんです」

「貧乏くじ体質……」

「それも違います。それ以外のことだと、私は結構自分勝手ですよ？」

にっこりと笑う。それはいつもの静蘭の微笑で、秀麗は少しだけほっとした。

「ところで、『いちばん』ということは、他《ほか》にも何か気にかかってることでも？」

「あー、うん。まあ、気にかかるというか、ヘンというか」

そして秀麗は奇妙《きみょう》な紛失物《ふんしつぶつ》について語った。

『絳攸・今日の閑話《かんわ》休題』は〝黒狼《こくろう》〟のことか」

いつものように午後の講義を少し離《はな》れたところで見ていた楸瑛は、振《ふ》り返って静蘭を見た。

「先王陛下の懐《ふところ》刀《がたな》と言われた幻《まぼろし》の暗殺集団〝風の狼《おおかみ》〟を束ねていたとされる男——かどうかはわからないけど。今や伝説と化しつつある凄腕《すごうで》の兇手《ころしや》〝黒狼〟の話は私も聞きたいな」

行ってきていいかい？ と笑顔で訊《き》いた楸瑛に、静蘭も笑顔でいいえ、と返した。

「お話がありますので」

「……『いいえ』？」

楸瑛の眉《まゆ》が少しくあがった。——楸瑛は宋太傅との仕合を見たあとも何も言わなかったし、静蘭も何も言わなかった。それが破られるのだろうか？

楸瑛の目が面白《おもしろ》そうに光る。

「……ふぅん？ なんだい？」

「その前に一つお訊きしたいのですが、藍将軍は、主上から何かを賜《たまわ》りましたか？」

「ああ、紫《むらさき》の花菖蒲《はなしょうぶ》を、絳攸ともどもね」

「そうですか」

静蘭は口の端で笑った。そして袷《あわせ》から書状のようなものをとりだした。

「それでは、藍将軍に、これを」

楸瑛は何も言わずに受けとると、書状を広げてざっと一瞥《いちべつ》した。ややあって、楸瑛は視線だけで静蘭を見た。笑みを浮かべてはいるが、その瞳《ひとみ》は笑っていない。

「……私からも一つ訊こう」

楸瑛は書状を指ではじいた。

「君は紫の花菖蒲をもらったかい？」

いつもと同じようで、違う笑みを浮かべながら、静蘭はいいえ、と首を横に振った。

「清苑《せいえん》公子――か」

霄太師の呟《つぶや》きに、茶太保は振り返った。

「どうした、いきなり」

もう数十年のつきあいになるため、茶太保は霄太師と宋太傅といるときだけはやわらかな口調が少しだけ変わる。まるで若いときのままのように無造作に。

「……茶《さ》の、八年前の王位争いの時を覚えておるか？」

「忘れられるわけがなかろう」

「あのとき、七家のなかで紅藍両家だけは争いに加わらなかったとされているな」

「皮肉か、それは」

茶太保は苦笑いした。

茶家もかつて、前王の公子のうちの一人を擁立《ようりつ》し、権力争いに加わった。茶太保は当時そうした愚《おろ》かな親族たちを止めようとしたが、権力という妄想《もうそう》にとりつかれた連中に道理や理性など何の意味もなかった。あのとき七家のなかでも冷静に状況《じょうきょう》を見つめ、親族に決して手を出さぬよう厳命できたのは七家でも一、二を争う勢力をもつ紅藍二家だけだった。

茶家は茶太保自身が争いに加わらなかったことと、彼が先王のもとで立てた数々の功績のおかげでその後もある程度の権を許された。現在の茶家はまさしく茶太保のおかげでもったといえる。

「あの時、実は藍家は流罪《るざい》になっていた第二公子を擁立しようと、行方《ゆくえ》を捜《さが》していたらしい」

茶太保は目を丸くした。

「……あの頭の切れる藍家の当主たちがそんなこと考えるとは信じられんな」

「楸瑛殿《どの》の兄君たちはそんなこと考えんよ。考えたのは彼らでなく、じじいどもだ」

「ああ、老害というやつか。歳《とし》をとると愚かなことを考えるからな」

「ヤなこと言うのう。わしらだって似たような歳じゃろが」

そして霄太師は渋面《じゅうめん》になる。

「そういえば清苑公子も頭の悪い外祖父《じじい》のとばっちりを受けて流罪《るざい》にされたか。……落ちこむ

のう」

「お前はそんなことするほど馬鹿《ばか》じゃなかろう。で？　楸瑛殿の兄君たちはどうしたんだ？」

「ああ。老人の言は無下に扱《あつか》うべきでないということで適当に捜索《そうさく》することにしたらしい。で、白羽の矢が立ったのは、宮仕え前でふらふらしてた放蕩息子《ほうとうむすこ》の楸瑛殿、と」

「……そういえばあの時は国試も数年中止になってたか。大混乱だったからな」

「平穏《へいおん》だったなら、楸瑛殿も絳攸殿も数年早く国試に合格してたかもしれんの。にしてもその大混乱の時代に当てのない捜索に弟一人を放《ほう》り出す兄たちも凄《すご》いのう。さすが七家一の名門藍家を支える若者たちじゃ。よき鬼畜《きちく》っぷりじゃ」

「……お前に鬼畜と言われたらおしまいだ。――で、結局見つからなかったわけか」

「うむ、足取りが途中《とちゅう》で途切れたらしいの。まあ、見つけても後見について王位争いに参戦なんてアホな真似《まね》、兄君たちが許しはしなかったろうがの」

　霄太師は茶をすすり、窓辺から昊《そら》を見上げた。

「……公子のなかでも、誰《だれ》より優秀《ゆうしゅう》だったな」

「ああ、清苑公子がいたら、王位争いなど起こらなかったかもしれんな」

「今は、どこにおるのか……いや、生きておるのかもわからんか」

　しみじみと霄太師が呟いたときだった。いきなり室の扉《とびら》が勢いよくひらいた。

　飛びこんできた少女を見て、二人の老師は仰天《ぎょうてん》した。

「――しゅ、秀麗殿!?」

「霄太師っ、茶太保っ」

秀麗は鬼《おに》のような形相で叫《さけ》んだ。

「わたくし、ただ今このときをもって後宮を退かせていただきますっ!!」

二人の老師は文字通りぶっ飛んだのだった。


「しんっじらんないっっ!!」

追いかけてきた劉輝に拉致《らち》され、秀麗はあっさり寝室《しんしつ》に監禁《かんきん》された。怒《いか》りにまかせて刺繍針《ししゅうばり》をぶすぶす突《つ》き刺《さ》したため、その矛先《ほこさき》となった布は哀《あわ》れにもあっというまに穴だらけになった。

「はあ、主上が、お馬鹿なふりを……」

監視《かんし》役の珠翠がお茶を注《つ》ぐ。秀麗はガッとそれをつかむと、一気に飲み干した。

「馬鹿にして馬鹿にして馬鹿にしてぇっ」

ぶすぶすぶす、とさらに突き刺す。

「あのクソバカ王、私が一生懸命《けんめい》なのを見て、おもしろがってたのよっ!!」

――ついに劉輝の『昏君《ばかとの》のふり』がバレたのだ。

「おもしろがってはいないと思いますが……」

珠翠は、秀麗の「実家に帰らせていただきますっ」の言葉にひどくうろたえた王が、この寝室に秀麗を放り込んで監禁した時の慌《あわ》てぶりを思い返した。

「あ、そういえばこれを、香鈴から預かって参りました」

なんとか秀麗をなだめようと、珠翠がとりだしたのは。

「あら、これって——香料《こうりょう》？」

「ええ。なんでも秘伝の香だとか。就寝《しゅうしん》前に焚《た》くとよく眠《ねむ》れます、と言っておりましたよ。秀麗様の大騒《おおさわ》ぎに、ひどく心を痛めておりましたから」

秀麗は顔を赤くした。確かに、少し騒ぎすぎたかもしれない。

「……お礼を言っておいてくれる？　ありがたく使わせていただきますって」

「今宵《こよい》は、お一人でおやすみになるのですか？」

問われて劉輝の「暗所で一人恐怖症《きょうふしょう》」を思いだし、やや胸がちくりとしたが、今度ばかりは怒りのほうがまさった。秀麗はもう一杯《いっぱい》茶をあおいだ。

「きたら叩《たた》き出してやるわっ」

そう息巻いて、再びぐさぐさと刺繍針を突き刺したのだった。


「……あれほど怒《おこ》るとは思わなかった」

劉輝は庭院の一角で鬱々《うつうつ》と落ちこんでいた。しかも。

「仮の妾《つま》なんて聞いてない……」

怒りまくった秀麗は霄太師との「契約事項《けいやくじこう》」をすべてぶちまけたのだ。つまり自分は教育係

として後宮に入った形だけの貴妃《きひ》であって、期間満了後はさっさと撤退《てったい》する約束だったのだと。その上で「もう私はお役御免《ごめん》みたいだから帰りますっ」とこうきた。そんな事実はまるで知らなかった劉輝は二重に衝撃《しょうげき》を受けた。

「まあ、最後の最後に言われるよりはいいじゃありませんか」

劉輝の姿を見つけた楸瑛が、すとんと隣《となり》に座った。

「今ならまだ手の打ちようもあるでしょう。心の準備もできますしね」

「……心の準備なんて……したくない……」

沈み込んでいる劉輝の姿はとても一国の主《あるじ》とは思えない。しかしこれも身から出た錆《さび》だ。

「なぜ、今まで昏君《おバカ》のふりをしてたんです」

「……そのほうが、秀麗がたくさん構ってくれると思ったのだ。一緒《いっしょ》に勉強してくれたし……」

……犬か、と思ったが、楸瑛はそれを口にも顔にも出さなかった。

「主上、失礼ですが、実は女性を抱《だ》いたこと、あるでしょう。――それもかなり」

「……………。……………な、なんで、わかった？」

「そりゃあ、秀麗殿への接し方を見れば」

楸瑛は面白そうに王を見た。

「なぜ、黙《だま》ってたんです？」

「……う、嘘《うそ》は、ついてない」

男しか抱かないなどと、胸を張って公言したことなど一度もない。それに、男だけでなく女

も抱けるのだと、言ってしまったら――多分、秀麗は脱兎《だっと》のごとく逃《に》げてってしまう気がして。

それでも久しく女を抱いてなかったのは事実だ。

「……ができるから」

「は？」

「女とやったら、子ができるだろう」

「はあ、まあ、そうですね。……それがどうしたんですか？」

「……余に子ができたら、あとで厄介《やっかい》なことになるかもしれないと、思ったんだ」

邵可に、もう二度と内乱は起こさないでほしいと言われたから、とつづけた劉輝に、楸瑛は目を見ひらいた。

内乱によって他の公子たちはことごとく倒《たお》れたため、王宮に残る直系王族は今のところこの王一人だ。子ができて厄介になるどころか、とっととつくってくれというのが朝臣一同の本音だろう。

それなのに「厄介なことになるかもしれない」と「内乱」。――答えはすぐにでる。

彼は、このまま王でいるつもりはなかったのだ。

玉座には、いずれ別の者が即《つ》くと、そう思っていたのだ。

そのときのために、その誰かがなんの支障もなく王位に即けるように、彼は細心の注意を払《はら》っていた。子をつくる危険を避《さ》け、男色家だと皆《みな》に思わせた。万が一にも権威《けんい》ある家の娘《むすめ》を後宮に迎《むか》えたら、たとえ子がなくても面倒《めんどう》の起こる可能性は充分《じゅうぶん》にあるから、防波堤《ぼうはてい》のつもりも

あったのかもしれない。実際、秀麗が霄太師によってむりやり送られてくるまで、どんな権力者も後宮に血縁《けつえん》の娘を送り込めなかった。

もともと、さほど注意を払われていなかった末の公子だ。即位《そくい》するまで誰も彼の性癖《せいへき》など気にしなかった。事実、重臣たちの誰もが王位継承《けいしょう》者となってからの夜の生活で、彼の嗜好《しこう》を判断していた。男色家という強い印象のおかげで、王にもう一つの面があるなどと思いもしなかったのだ。――彼が、女性も抱ける、などとは。

(……なかなか、やる)

今のところ、まさに王の思惑《おもわく》どおりだ。

そして、彼がひたすら待っている、その〝誰か〟とは――。

楸瑛はひそかに息をついた。それでもこれは彼が関わるべきことではなかった。

「では主上、恋《こい》をしたことは?」

劉輝は戸惑《とまど》ったように楸瑛を見た。なんだそれは? という顔がすべてを物語っていた。恋をするまもなく、体のほうばかりが先に教えられたのだ。ゆえに、彼はその過程を知らない。知る必要もなかったのだろう。望めばすぐに身を投げ出す者ばかりのなかでは。王族の寵《ちょう》愛《あい》を受けて、喜ばない侍官《じかん》も女官もいないのだから。

(不憫《ふびん》といえば、不憫だな)

しかしこればっかりは口で教えてどうなるものでもない。それにまあ、悩《なや》むのも青春だ。なんだか楸瑛は兄の気分になった。くしゃくしゃと劉輝の頭をなでる。

「女性の趣味《しゅみ》の良さは、褒《ほ》めてあげます。頑張《がんば》ってくださいね。そのお顔を最大限に有効活用すれば、まだ勝機は残ってるはずです」

「……………？」

「さて、わざと秀麗殿を怒らせたんですから、それなりの対価はきっちり取り立てないと」

劉輝の顔つきが鋭《するど》くなった。低く呟《つぶや》く。

「……今日渡《わた》した、毒の成分は？」

「陶《とう》老師と絳攸から報告がきました。だんだん毒性が強くなってますね」

天気の話でもするように呑気《のんき》な口調である。

「刺繡針からはじまって、呪《のろ》いの藁人形《わらにんぎょう》その他モロモロですからねぇ。なんかなりふり構わずというか、ここまできたら、こっち側に気づかれてるのをいい加減に気づけ、と言いたいですね。主上のお手並みもお見事ですが」

「……昔から、そういうのは日常茶飯事《さはんじ》だったからな」

楸瑛は微苦笑《びくしょう》した。そういうものは、普通《ふつう》公子は自分で見つけないものだ。けれど彼は、そうせざるを得なかった。そして死なずに生き延びた。それこそが高い資質の証《あかし》。

「今回渡してくださったものですが」

内心の賞賛を、楸瑛は決して口にしない。

「毒の効果は様々ですが、いずれも当たりです。呪いの人形はともかく、香袋、香料、それから何を拭《ふ》いたのか知りませんが、磨《みが》き布からも毒が出ました。秀麗殿への対策は？」

「毎晩酒や茶に内緒《ないしょ》で特製解毒薬を混ぜて飲ませているから心配ない。……元気だったろう」

「大いに怒《おこ》ってましたね。全然平気みたいですね」

劉輝はまたまた思いだしてしょんぼりと落ちこみはじめた。それでも現実は忘れない。

「……毒の経路は？」

「出処は同一ですね。文書での証拠《しょうこ》も押さえてあります。それにしても妙《みょう》ですがね。あの人がこうも早く足のつくものを選ぶなんて……」

別経路から入手したもののほうは、どう調べてみても途中《とちゅう》で追跡《ついせき》不可能になっただけに、毎晩つづくこのヘボい手口には首を傾《かし》げるばかりだ。

劉輝は鋭く言った。

「まだ、特定はするな。他の者の絞《しぼ》り込みもつづけてくれ。それと割り出した者の詳《くわ》しい経歴をあとで渡せ」

わかりました、と楸瑛は頷《うなず》いた。

「……今日の動きは？」

「ありましたよ。大丈夫《だいじょうぶ》です。対策は立てときましたから」

紫《むらさき》の花菖蒲《はなしょうぶ》を受けとってしまいましたしね——と、楸瑛は笑った。

その夜、後宮を歩いていた絳攸はやばい、と思った。

ぴたりと足を止める。思わず手の中の後宮見取り図を握《にぎ》りつぶす。

……………………これは、まさか。

(……くっ……見取り図があるから油断していた)

――完全に迷った。しかし、絳攸はその事実を認めたくなかった。

(どう考えてもおかしいだろうが。この私が見取り図どおりに歩いてなんで迷う。この地図、間違《まちが》ってるんじゃないか)

絳攸は自分が絶望的な方向音痴《おんち》だということを決して認めなかった。そんなことは十六歳で状元及第《きゅうだい》して最短距離《きょり》の出世街道を突《つ》っ走《ぱし》ってきた彼の誇《ほこ》りが許さなかった。

勿論、絳攸は自分に非があるときや、誤りは潔《いさぎよ》く認める性格だ。しかし、こればかりは例外だった。楸瑛にさんざんバカにされた(と絳攸は思っている)ことが原因かもしれない。回廊《かいろう》をそぞろ歩く女官や侍官は、朝廷随一《ちょうていずいいち》の才人と誉《ほま》れ高い絳攸と知り、羨望《せんぼう》の視線を投げかけてくる。……彼の自尊心にかけても道など訊《き》けなかった。そして絳攸は堂々と歩きだした。まるで俺の行く手を誰《だれ》も遮《さえぎ》ってくれるなといわんばかりに。そして誰もがそのとおり、一切邪《いっさいじゃ》魔《ま》をしてくれなかったために、彼はさらに迷うことになった。

そして一刻《とき》後。絳攸は自尊心を捨てるか、遭難死《そうなんし》を遂《と》げるか、究極の選択《せんたく》を迫《せま》られていた。

もはや自力で外朝に戻《もど》ることは不可能であった。絳攸の怒りはすでに頂点に達していた。

――ここはなんだ、いったいこんなに多くの室《へや》を誰が使うっていうんだ。材木のムダだ。人

件費もムダだ。俺が万一後宮管轄《かんかつ》の内侍省に飛ばされることがあったら、絶対に即《そく》半分叩《たた》き壊《こわ》して薪《たきぎ》にして国中に無料配布してやる。絶対だ。

(……しかもなんで誰も歩いてないんだ)

後宮の(多分)最奥だからといって、誰もいないなんてことがあっていいのか。職務怠慢《たいまん》だ。ついさっき人件費のムダと怒っていたことは忘れて、絳攸は理不尽《りふじん》にも腹を立てた。

ふと、足を止める。どこかから声が聞こえた気がした。

「……あなたなんでしょう!」

女の、怒鳴《どな》り声だった。絳攸は思わず顔をしかめた。――これだから女は嫌《きら》いなのだ。きんきんわめくあの声が、絳攸は何より嫌いだった。

「あのかたが……――頼《たよ》って……を――拾われたから――!」

絳攸の勘《かん》にひっかかるものがあった。すぐさま途切《とぎ》れ途切れの声のする方角へ向かう。

不思議なことに相手の声はまるで聞こえなかった。

「――なぜ邪魔をするの!」

怒声《どせい》が、突如呪詛《とつじょじゅそ》のごとき声に変わった。

「それがあの方のお望みなんでしょう!? 私だって――お役に……そのためなら――!」

不意に、女の声が途切れた。絳攸は嫌《いや》な予感がして、当たりをつけて室の扉《とびら》を蹴《け》りあけた。

中には女が一人、倒《たお》れていた。他《ほか》には誰もいなかった。不審《ふしん》に思いながらも女を抱《だ》き起こした絳攸はぎょっとした。

この――女は。

絳攸はすぐさま声を張り上げた。

「誰か――いないか！　紅貴妃《きひ》の室を調べろ――!!」

貴妃の室近くにいた衛士《えじ》たちがなかに飛びこんだときには、秀麗の姿はどこにもなかった。

そしてまた、衛士の中に静蘭の姿もないことに皆《みな》が気づいたのは、ややたってからのことだった。

第五章　二つの顔をもつ者

……秀麗は闇《やみ》のなかにいた。

体が、ひどく重くて、だるかった。指一本動かすことさえできなかった。

自分が起きているのか、寝《ね》ているのかもわからなかった。目はちゃんと開いているのだろうか。それとも閉じているのか。思考能力のほとんどが奪《うば》われて、何一つまともに考えられなかった。

誰かに、体を運ばれているような感覚。それは決して優《やさ》しいとは言えない手つきだった。

(もっと優しい手を、私は知ってる……)

ぼんやりとそう思い、なすすべもなく運ばれながら、ある一瞬《いっしゅん》、秀麗は別の世界にきたような感覚を覚えた。

人の住む場所と、そうでない場所との境目を越《こ》えたような、そんな気がした。

――闇。真の闇。

今までも闇のなかにいると思っていたけれど、肌《はだ》に触《ふ》れる闇の色がひときわ濃《こ》くなったような気がした。

（永遠の闇）

脳裏《のうり》に、そんな言葉が浮《う》かんだ。――ここは、永遠の闇の世界。

体の奥で、何かが震《ふる》えた。

無造作に体が横たえられる。口許《くちもと》に布のようなものが巻かれる。

誰かが何かを言ったような気がしたけれど、よく、聞き取れない。

闇を拒《こば》むかのように、秀麗の意識はそこで途切れた。

「香鈴のほかに――まだ、いたのか」

絳攸から報告を受けて、劉輝は唇《くちびる》をかんだ。倒れていた娘《むすめ》――香鈴に外傷はなかったが、今も意識不明のままだ。

「あの娘から渡《わた》された香は、無害なものにすりかえておいたんだけどね」

楸瑛は珍《めずら》しく鋭《するど》い顔つきをしていた。

「絳攸の話だと、まだ伏兵《ふくへい》がいたようだね。……私たちが囲んでいたところから秀麗殿《どの》を連れて煙《けむり》のように消えるとは、相当の手練《てだ》れと見える」

異変に気づいた劉輝たちが以前から様子を窺《うかが》っていたのは香鈴だったが、彼女は役目をまっとうする前にその何者かに出し抜《ぬ》かれたのだ。

「だが、少なくとも香鈴の動機は判明したな。彼女の背後にいる人物もだ。もっとも、香鈴のことは彼も予想外だったはずだが」

絳攸が皮肉げに呟《つぶや》く。

秀麗が連れ去られたことについては、厳重に箝口令《かんこうれい》が敷《し》かれている。だから多分、相手はこの騒《さわ》ぎをまだ知らない。

考えたのは数拍《すうはく》。劉輝はすぐに決断を下した。

「楸瑛は彼の身柄《みがら》を即刻《そっこく》押さえろ。本邸《ほんてい》、別邸、ゆかりの地、いずれにも手を入れて必ず捜し出せ。抵抗《ていこう》は最小限におさえろ。左右羽林軍から人員を割《さ》いていい。必要ならあとで特別手当を出すとでも言って、休暇《きゅうか》中の者も引っ張り出せ」

「――御意《ぎょい》」

きらりと、楸瑛の双眸《そうぼう》に嬉《うれ》しげな光が一瞬宿って消える。

「絳攸は、香鈴についていてくれ。邵可にだけは内々にことの報告を。それと、早急に陶《とう》老師以下、医官をすべて叩き起こせ」

陶老師は高官位の筆頭侍医だ。まだ朝日も顔を見せない時刻に呼び出せるほど、気易い立場の人物ではない。劉輝にもそれはわかっていたが、そんなことも言ってられなくなった。

「もう少し慎重《しんちょう》にことを進めたかったが、仕方ない。何としても今日中に片を付ける。――不測の事態が起これば、こちらにも怪我人《けがにん》がでるだろう。すぐに治療《ちりょう》に取りかかれるよう準備させよ。宮《みや》一つ使っていい。薬や物を惜《お》しむなと言っておけ」

「わかりました。――ところで主上、行方《ゆくえ》不明者がもう一人いますね」

劉輝は口を引き結んだ。絳攸の目が鋭さを増す。

「この状況《じょうきょう》下で、静蘭が行方不明というのはあまりに不自然です。静蘭は――」

「――違う」

劉輝は語気荒《あら》く絳攸の言葉をさえぎった。

「根拠《こんきょ》は？」

「ない――けど――」

「話になりませんね」

絳攸は短く切って捨てた。劉輝の顔が歪《ゆが》む。それでも彼に不信の色は浮かばなかった。

楸瑛は腕《うで》を組んでさぐるように劉輝を見た。

「……主上、静蘭には、花を贈《おく》らなかったそうですね？　なぜです？」

「……しなくても、いいと思ったんだ」

劉輝は呟くように言った。

「そんなことで心を確かめなくても、静蘭は秀麗や――余を、裏切らない。自らの意志で花を受け取ったそなたらが、余のために力を貸してくれることを疑わないのと同じに」

「おや、随分《ずいぶん》高い評価をして頂けているようで」

「評価じゃない。知っているんだ。頑固《がんこ》で融通《ゆうずう》が利《き》かなくて斜に構えていて、権力に絶対おもねらない。二人ともに過去何度も馬鹿《ばか》な上司に辞表叩きつけて、そのたびに紅藍両家がとりな

した。降るような良縁《りょうえん》も片《かた》っ端《ぱし》から断って。傲慢《ごうまん》なくらい自尊心が高くて、自分に確固たる自信と信念があって、理不尽に頭を下げることをよしとしない」

楸瑛と絳攸は沈黙《ちんもく》した。……これは褒《ほ》められているのだろうか？

だが――悪くない。二人の青年は不敵に唇をつり上げた。

「では、主上のそのおめがねでは、静蘭は白だと？」

「そうだ」

優《やさ》しい笑みが嘘《うそ》だったことなど一度もない。それを劉輝は信じている。

その迷いのない目に、楸瑛は笑った。

「――合格です、主上」

楸瑛は袷《あわせ》から一枚の書状をとりだした。

「静蘭の書き置きです。本当は見せるなと言われてたんですが、そこまで言いきられてはね」

劉輝は手渡《てわた》された書状に視線を落とした。それを隣《となり》から覗《のぞ》きこんだ絳攸の目が、文字を追ってすぐに大きく見ひらかれた。

書状をもつ劉輝の手が震えた。――これ、は。

「……楸…瑛は知って、いたのか？」

「剣筋《けんすじ》にも見覚えがありましたし、個人的にも彼には色々ありまして」

彼は楸瑛を見上げた。情けなさそうにその顔が歪む。

「……余は、ぜんぜん……気づかなかった」

「仕方ないですよ。あの顔で二十一と言われれば信じますよそりゃ」

わざと軽く受け流されて、劉輝はぐっとにじむ涙《なみだ》をぬぐった。今は、それより先にするべきことがある。

「……だが待てよ」

書状の中身を反芻《はんすう》していた絳攸が、ふと眉間《みけん》に皺《しわ》を寄せる。

「これを渡して、今行方不明ということは、静蘭は一人で動いているということか」

「ああ。何か手がかりをつかんだのかもしれないね」

頷《うなず》いた楸瑛の腕を掴《つか》んで、劉輝が顔色を変えた。

「そこまでわかっていて、なぜ行かせた。もし、せ…静蘭に万一のことがあったら……!」

「落ち着いて。行き先が彼のところなら、たぶん危害の及《およ》ぶ心配はない。なぜなら――」

そのとき、ひゅっと風を切って、開かれた窓から飛び込んでくるものがあった。

反射的に劉輝をかばい、それからすぐに窓辺に駆《か》け寄った楸瑛は、身を乗り出して外を眺《なが》め、小さく舌打ちすると室内を振《ふ》り返った。

「逃《に》げ足がはやい。……絳攸」

鋭い音と共に床《ゆか》に刺《さ》さったそれは、黒い風切り羽のついた矢だった。頷いた絳攸は、通常よりぐっと細く短い胴《どう》の部分に結ばれた紙片を素早くほどいた。

劉輝がその手から紙片を奪《うば》い取って中をあらためる。その瞳《ひとみ》に強い光がともる。

「主上」

「楸瑛、絳攸。先ほどの指示を。こちらは、私が行く」

「まさかお一人で、などと言わないでしょうね」

劉輝はぴたり、と楸瑛の喉元《のどもと》に剣先を突《つ》きつけた。絳攸にはいつ抜いたのかさえわからないほどの早業《はやわざ》だった。楸瑛は身じろぎもせず、興味深そうに剣先を見つめた。

抜いたときと同じなめらかさで、劉輝は静かに剣をおさめた。

「私一人で行く。他の者など足手まといだ」

「……そうみたいですね」

楸瑛はにや、と笑った。

「あとで、手合わせを望んでもよろしいですか？」

「全部、終わったらな」

劉輝はこのときようやく、少しだけ笑った。


かすかな香の匂《にお》いが漂《ただよ》うその室《へや》は、廃墟《はいきょ》のように仕立てられた外観に反して、こぢんまりとしながらもかなり趣味《しゅみ》のよい家具で調《ととの》えられていた。

けれど静蘭の冷ややかな目に映っていたのは調度などではなく、目の前の人物だけだった。

「お久しぶりです、というべきですかかな。――清苑公子」

茶太保《さたいほ》はいつもと変わらぬ好々爺《こうこうや》の笑《え》みを浮《う》かべた。

「お嬢様《じょうよう》は、どこだ」

静蘭は相手の首筋に剣をつきつける。けれど茶太保の笑みは変わらなかった。

「……お話だけでも、聞いてはいただけないのですかな？」

「何を聞くと？　私は、あなたの求める者ではない」

茶太保は喉《のど》の奥で笑った。

「あなたを見ていると、遥《はる》か昔を思いだしますよ、清苑公子」

首筋に剣を突きつけられたまま、それでも茶太保は平然と話をつづけた。

「あなたのお父上にお仕えしていた頃《ころ》は、戦火の絶えぬ時代でありました。時代の変わり目――だったのでしょうな。霄や宋とともに戦場を駆け抜《ぬ》け、陛下のあとに従い、私はがむしゃらに上を目指していたものです。七家の中でも格下の茶家からのしあがってやろうと、ただそれだけを考えて、先王陛下にお仕えしておりました」

「……あなたは、それを成し遂《と》げた。その地位も、権力も揺《ゆ》るぎなく、太保という朝廷《ちょうてい》百官の長《おさ》の一人にまでのぼった。……なぜ、今さらこんなことをする必要がある？」

「賭《か》けをしているのですよ」

「……賭け？」

思いもよらぬ言葉に、静蘭は瞠目《どうもく》した。茶太保は淡々《たんたん》と語った。

「七家の誰《だれ》よりも上に――そう思っていた頃はよかった。けれど、私は気づいてしまったんで

す。いちばん上には決してあがれないことに。紅藍両家を顎《あご》で使えるようになっても、陛下の右腕《みぎうで》はいつも霄だった。私の上にはいつだってあの男がいた。そう——いつだって」

言葉とは違い、茶太保の声はひどく落ち着いていた。

「……先王陛下の実力主義は徹底《てってい》しておりました。ですから、私が霄の上に行くことはなかった。私がどれほど努力しても、霄はあっさりとそれを超《こ》えてしまう。天才——というのでしょうね。いまいましいものです。凡人《ぼんじん》の努力を嘲笑《あざわら》うかのような」

「……あなたも、太保の地位までのぼった」

「私は凡人ですよ。人の三倍努力して、死ぬ気で這いあがってここまできたんです。出世や、名誉《めいよ》や、地位や、権力や——そういったものを糧《かて》として。凡人のなかでも俗物《ぞくぶつ》ですな。けれど霄は違った。彼はそんなものにまるで興味を示さなかった。それがフリならまだ救いもありました。けれどあれは本気で、ただ陛下のためだけに尽《つ》くしていた。そしていつも私の上にいた。涼《すず》しい顔をしてね。私には理解できなかった。あらゆる権力を握《にぎ》れる能力《ちから》があるのに、頼《たの》みにする家もないのに、あれは何にも執着《しゅうちゃく》しなかった。まるで自分という存在一つありさえすればいいいと。——そしてね、それは事実だったんです。だからこそ私は霄を憎《にく》んだ。私のように何かに拠《よ》って立たなければ胸もはれないような凡人との違いを、まざまざと見せつけられて」

静蘭は話を遮《さえぎ》ることができなかった。静蘭の人生など、茶太保の生きてきた年月《としつき》と比べればはるかに短い。——何を、言うことができよう。

「——凡人は、天才に憧《あこが》れるものです。けれど手の届く先にいる天才など、紙一重《かみひとえ》の俗物にと

っては憎しみの対象にしかなりません。私は霄のようにはなれない。あの男を手放しで賞賛し、従うことなどできない。そのようなことをしたら、私の今までの人生はどうなりますか。私は自分の生き方を後悔《こうかい》してはいない。望むものがあり、そのために生き、努力し、つかんできた。はいあがり、他人を追い越《こ》し、今まで上にいて私を見下ろしていた輩《やから》を見返すのは楽しかった。望んだこともほぼかないました。――けれど、たった一つだけ残っているんです」

茶太保は振り返り、まっすぐに静蘭を見た。まるで突きつけられた剣などないかのように。

「――霄の上に」

香《こう》の微《かす》かな匂いが、増した気がした。芳香《ほうこう》が鼻をついて、目眩《めまい》がする。

ぐっと、剣を握りなおした。彼が本当にただの俗物なら、静蘭もそんな言葉など冷ややかに切って捨てたろう。けれど彼の言葉には力があった。己《おのれ》を知る者の、それは圧倒《あっとう》的な存在感。

「霄の上に。――今の望みはそれだけです。あれがどう動くか――私は彼を追い落とせるのか。それとも――」

茶太保はふと笑った。一瞬《いっしゅん》、何かを期待しているかのように双眸《そうぼう》が輝《かがや》く。

「賭けですよ。私は老いた。老いたからこそできる賭けです。――今でも霄の権力は揺るぎない。あいつは王位争いにもまったく関《かか》わらず、その地位も権力も同じままでしたからね。最後までそれを黙《だま》って見ているよりは――そう思ったのですよ。残り少ない人生に未練もない。失うものもない。――最初で最後の賭けです。……まこと、老いとは厄介《やっかい》なものですな」

「そのために――お嬢様を」

静蘭の言葉に、茶太保は笑った。

「中途半端《ちゅうとはんぱ》に智恵《ちえ》づいた娘《むすめ》は厄介ですからね。劉輝様が入れ込んでしまわれたのも計算外だった。孫娘の話題を振ってもあの小娘がいいというのですから――仕方ないでしょう。――そうして次の手を模索《もさく》中に、あなたの存在を知ったのですよ、清苑公子」

静蘭の目つきが鋭《するど》くなる。

「……私は、清苑ではないといっている」

「今のその目など、先王陛下のお若い頃にそっくりです。それでも否定なさるというなら、まあそれもいいでしょう。こちらは、あなたが清苑公子ではないと立証できないことが重要なのであって、血の真偽《しんぎ》などどうでもいいのです。かの公子が戻《もど》られたと知ったなら、皆《みな》喜んで王に戴《いただ》くでしょう」

「馬鹿《ばか》な。彩雲国の王は劉輝様おひとりだ。あなたはまた、八年前の争いを繰《く》り返すつもりか」

「そんなことをせずとも、主上が亡《な》くなられればよいのです。そう――不慮《ふりょ》の事故か何かでね。幸い、あの方にはお子がいらっしゃらない。争いになるようなことはありませんよ」

はっきりと、静蘭の顔色が変わる。

「……何をした」

「玉座をご用意してお待ちしておりますよ、清苑公子。それまでこの宮でお待ちください」

「劉輝に、何をした!!」

ダン、と静蘭は剣《けん》を壁《かべ》に突き立てた。茶太保の首すれすれのところに。その怒《いか》りに燃えた瞳《ひとみ》

に、茶太保は笑った。

「⋯⋯相変わらず、弟思いでいらっしゃる。ひとりぼっちの劉輝様を、あなただけが心からかわいがっておられた。ご自分と、同じ境遇《きょうぐう》だったからですか」

「違《ちが》う」

それは図《はか》らずも事実を認める答えになった。けれど静蘭はもう構わなかった。

「あれだけが、私を慕《した》ってくれたからだ。何の裏もなく、ただ純粋《じゅんすい》に。心の拠りどころにしたのは私のほうだ。劉輝がいたから、私は王宮《ここ》でも生きていけた。愛していたのは、私のほうだ！」

幼い劉輝につけ込んだのは、自分かもしれない——時々、そう思うこともあった。それでも、あの子に愛されなかったら、この魔物《まもの》の巣窟《そうくつ》で、心を守って生きていくことができなかった。

流罪《るざい》になって、何も告げられないまま王宮を去ることになってしまったあのときから、いつも気にかかっていた。ひとりぽっちで隅《すみ》にうずくまっていた末の弟。ただ一人私を愛してくれた幼い弟。あの子はどうしているだろう。あの子の心は。あの子の居場所は。

——もう二度と、後悔はしないと決めたのだ。

「言え。何をした」

「……どうにも、そう簡単に玉座にについてはいただけないようですな」

ふと、静蘭の目に憐《あわ》れみがよぎった。王族の気配を漂《ただよ》わせて、静蘭は告げた。

「……愚《おろ》かだな、茶太保。お前の目も曇《くも》ったものだ。そんなことは不可能だよ」

「なにを」

「朝廷《ちょうてい》はもう、次の時代へ代替《だいが》わりしようとしている。お前は時機を逸《いっ》したんだ。藍楸瑛も李絳攸もすでに主《あるじ》を決めた。その忠誠の在処《ありか》を。傀儡《かいらい》など王位に即《つ》けたところで、彼らは私もろともお前を失墜《しっつい》させるのに、いささかのためらいもないだろう」

茶太保の目がくっと見ひらかれる。静蘭は冷たく笑った。

「――そしてな、何より私の末の弟は、お前が考えているほど愚かではない。そして私も、お前が考えているほど従順ではないぞ」

「……そのようですな。――ならば、従順になっていただくまでです」

茶太保は思わぬ素早《すばや》さで、右手に置かれていた香炉《こうろ》を払《はら》った。床《ゆか》に落ちた香炉はこなごなに砕《くだ》け、むっとするような香気が漂う。そして次の瞬間《しゅんかん》、静蘭は十人以上の覆面《ふくめん》の男たちに周りを囲まれていた。

男たちと同じ黒い布を首筋から口、鼻へと引きあげて、くぐもった声で茶太保は笑った。

「意に染まぬ者を傀儡《くぐつ》にする術《すべ》など、いくらでもあります。それにあなたご自慢《じまん》の劉輝様は、今頃《いまごろ》はもう紅貴妃《きひ》ともども亡くなっておられますよ」

「な」

つと、茶太保の目が細められる。

「――捕《と》らえて、閉じこめろ」

いっせいに襲《おそ》いかかってきた男たちに、静蘭は舌打ちして剣を向けた。

隙《すき》をみて切っ先から逃《のが》れた茶太保は、素早く室《へや》の隅に移動する。あっというまに数人斬《き》り捨

てた静蘭は、ぐらりと目眩を感じてその場に膝《ひざ》をついた。体がしびれて、剣を取り落とす。

「いい香でしょう?」

問いかけが遠く聞こえる。不意に襲ってきた酩酊《めいてい》感に、顔さえ上げられなくなる。

「茶《さ》……」

「少し、お休みください。次にお目覚めのときには、玉座におられましょう」

茶太保は笑って踵を返した。

男たちに腕《うで》をつかまれ、頭に靄《もや》がかかりはじめる。けれど静蘭はそのまま素直《すなお》に意識を失ったりはしなかった。

背を向けた茶太保を追って、静蘭の双眸がきらめく。長剣の脇《わき》にさした短剣を震《ふる》える指で抜《ぬ》き、ためらわず自分の腿《もも》に突き立てた。痛みで得た一瞬の覚醒《かくせい》で、つかまれていた腕をふりほどき、そして自分の血で濡《ぬ》れた短剣を、茶太保に向かって投げはなったのである。

短剣はまっすぐ茶太保の背に刺《さ》さった。

だがすぐに取り押さえられ、男たちの激しい殴打《おうだ》を受けて静蘭は気を失った。

「くっ……」

刃《やいば》の痛みにふらつき、なんとか踏《ふ》みとどまった茶太保が振《ふ》り返ったそのときだった。

ヒュッと微《かす》かな風切り音がしたと思うと、十人以上いた男たちのうち半数の首が胴《どう》から転がり落ちた。そしてさらに、残りの男たちの首が落ちる。

一瞬の惨劇《さんげき》。

まるで目に見えない死神の大鎌《おおがま》に首を刈《か》られたようなその光景は、趣味《しゅみ》の悪い手妻《てづま》を見ているかのようだった。そのくらい、現実味というものに欠けていた。

一拍《いっぱく》おいて、斬られた首からいっせいに血柱が噴《ふ》きあがる。

(何が、起こった——?)

この室で息をしているのは、もはや昏倒《こんとう》する静蘭と茶太保だけだった。

——否。

次の瞬間、忽然と目の前に現れた人影《ひとかげ》に、茶太保は目を剝《む》いた。

血塗《ちぬ》られた剣を一振《ひとふ》りして、その者は言った。

「王はあなたを特定されました。じき手勢を率いて藍将軍が到着《とうちゃく》します。捕縛《ほばく》は時間の問題です。……自首するおつもりは、ありませんか?」

「……なぜ」

「あなたが後宮に入れた娘《むすめ》——香鈴から、足がついたのです」

「……香鈴、だと? あれには何も言ってはおらぬ!」

ええ、と暗殺者は頷《うなず》いた。

「あの娘は、あなたの野望にどこかで気づいたんです。恋《こ》い慕うあなたの役に立とうと、自らの判断で紅貴妃殺害を企《くわだ》てた。——彼女から、あなたが浮《う》かび上がってきたのです」

茶太保の目が見ひらかれる。男はつづけた。

「香鈴は……確か、八年前の王位争いの時に、餓死《がし》寸前で門の前に倒《たお》れていたのを、あなたが

拾ったのでしたね」

皮肉ですね——と、彼は寂《さび》しそうに笑った。

「あなたの目論見《もくろみ》は、あなたの良心によって崩《くず》れたというわけです」

茶太保は首を振った。そっと懐《ふところ》に差し入れた指が、菊花刺繡《きっかししゅう》の手巾《てぬぐい》に触《ふ》れた。

「馬鹿な……珠翠はそんなことは一言も」

唐突《とうとつ》にこぼれ出たその名前に、暗殺者は一瞬瞠目《どうもく》した。それからそっと目を伏《ふ》せて、すべてを悟《さと》ったかのように静かに告げた。

「……珠翠……それが私の知る兇手《ころしや》ならば、それは間違《まちが》いなく〝風の狼《おおかみ》〟です。彼女を手駒《てごま》として動かせるのは、先王陛下と私と、そして——霄太師のみ」

茶太保の目が驚愕《きょうがく》に彩《いろど》られる。

「そうか……おまえが〝黒狼《こくろう》〟…だったのか……」

そして次の瞬間——茶太保は狂《くる》ったように笑い出した。

「では、あいつはすべてを知っていたわけか！　私はまた、あいつの手のひらの上で踊《おど》らされていたというのだな。最後の……最後まで——霄——!!」

笑いをおさめると、彼は身をひるがえした。

「お前も、よくぞ今まで我らを欺《あざむ》いてきたものだ。まさか、お前が先王陛下の〝黒狼〟だったとはな。——公子を連れて、行くがいい」

彼はどこまでも彼だった。どんなことも、彼を彼たらしめるものをいささかなりとも損《そこ》なわ

せることはできなかった。地位も権力も、敗北も、老いも、彼を変えることはない。彼が拠《よ》ったつのは、その誰《だれ》より誇《ほこ》り高く勁《つよ》い心のみ。

毅然《きぜん》とした声で、彼は告げた。

「この命、くれてやるのはお前ではない」

背から血を流しながらも揺《ゆ》るがぬ足取りで去る茶太保を、〝黒狼〟は追わなかった。黙禱《もくとう》を捧《ささ》げるかのように瞼《まぶた》を伏せると、〝黒狼〟は血まみれた床から静蘭を軽々と抱《だ》き上げ、しかしその腿《もも》に負った傷を見て眉《まゆ》をひそめた。ふたたび床へ横たえて応急処置のみを施《ほどこ》し、強く殴《なぐ》られて血と痣《あざ》だらけになった静蘭の顔をそっとなでる。

「……無茶をする。あのままおとなしく気を失っていたら、無傷で助けられたのに……」

呟《つぶや》いたあと、うってかわって厳しい顔で〝黒狼〟は顔を上げた。

彼にはまだ、行くところが残っていた。


秀麗はぼんやりと瞼をあけた――つもりだった。けれど視界は闇《やみ》に閉《と》ざされたままだ。

「…………？」

ゆっくりと体をねじって起こす。ひどく体がだるかった。頭の奥がずきずきした。そしてふと、口に巻かれた布に気づき、首を傾《かし》げて取り去った。

（……ここ……どこ……？）

自分の室でないことは確かだった。額をおさえて、記憶《きおく》をさぐる。確か——香《こう》を焚《た》いて、お茶を飲んだあとすごく眠《ねむ》くなって——寝《ね》てしまったことまでは覚えているのだが。

（……もしかして私……）

秀麗は嫌《いや》な予感がした。……何か怪《あや》しげな方法でかどわかされた……？

それならこの体のだるさも猿轡《さるぐつわ》のような布も納得《なっとく》がいく。そう思い至って、秀麗は青くなった。——冗談《じょうだん》ではない。早く戻《もど》らなくては。

しかし立ち上がるだけで一苦労だ。目の前がぐるぐる回っているような気がする。寄りかかれるところがないかとあちこち体をずらしてみるが、空振《からぶ》りするだけで壁《かべ》に触《さわ》れない。

（……何かヘンな薬とか盛られたのかも……）

それに、目が慣れるということがないこの闇。横からにゅっと手がでてきて、そのまま闇にのみこまれてしまってもおかしくなさそうだった。ぞわぞわと秀麗の背筋に嫌なものが這《は》う。

（……と、とにかくどこかへ進まなくちゃ）

体を伏せて、そろそろと這い進む。闇に向かう恐怖《きょうふ》に、冷《ひ》や汗《あせ》がにじむ。鼓動《こどう》がどくどくとうるさいくらい耳を打つ。深淵の闇。——怖かった。今まで闇を怖いと思ったことはなかったのに、心が怯《おび》えた。押しつぶされそうな気がした。闇に——この闇にいる何かに。

この闇は違う——。のろのろとした前進も止まってしまう。

そのときだった。一条の光が視界の隅《すみ》を焼いた。目をやると視界の右下の闇に、そこだけ切

り取られたかのように縦に光が走った。そこから人の影《かげ》がするりと入ってくる。秀麗は助けを求めようとして——ハッと思いとどまった。

（……み、味方じゃなかったら大まぬけじゃないの）

それでも、この闇のなかに他《ほか》にも誰かがいるということに、泣きたいほど安堵《あんど》した。そしてよくよく考えてみる。

（あんなところに扉《とびら》があるっていうことは……ここは、二階、以上……？）

たとえば床《ゆか》に穴が空いていたって気づかないような闇の中だ。下手をすると階下に落ちる。とりあえず恐怖心を払拭《ふっしょく》されたので、四つんばいでそろそろと移動した。だがさっき一瞬《いっしゅん》闇を切《き》り裂《さ》いた光は——多分、扉が閉じてしまったので、また闇のなかへ埋《う》もれてしまった。

闇へと突《つ》きだした腕が、手すりのような部分にふれた。秀麗は体ごとさぐるようにそれにつかまってよろよろと立ち上がった。

——その瞬間、背後から誰かに羽交《はが》い締《じ》めにされた。

……時は少しさかのぼる。

劉輝は仙洞《せんとう》省にきていた。

宮城のはずれにあるそれは、いかにも風雅《ふうが》な数層の高楼《こうろう》だった。しかし誰も中に入ることはできないとされている。別に鍵《かぎ》がかかっているわけでもないのに、なぜか開かないのだ。宝物《ほうもつ》

がおさまっていると信じて過去幾多《いくた》の盗賊《とうぞく》が忍《しの》び込もうとして叶《かな》わず、扉の前でことごとく死体で発見されたとも言われている。邪心《じゃしん》ある者には死を与《あた》え、ただびとには扉を閉ざす。彩八《さいはっ》仙《せん》しか入ることはできないと言われているゆえんである。

しかし、この日の仙洞省はいつもと様子が違《ちが》った。

いつもはしっかり閉じられているはずの扉が、少しだけひらいていたのである。

劉輝は唇《くちびる》を引き結んだ。――矢文の指示が正しければ、あのなかに秀麗がいるのだ。

剣《けん》の柄《つか》を握《にぎ》り直し、きぃ、と半開きの扉をあける。なかは真っ暗で、物音一つしない。

足が――すくんだ。夜をひとりで過ごすことのできない劉輝にとって、真の暗闇で一人きりになるのは、耐《た》え難い恐怖だった。それは昔の――つらい記憶を引きずり出すから。けれど。

もう一度ぐっと柄を握りしめる。劉輝の顔つきが変わった。

(――なんのために、ここへきた)

劉輝は息を吸うと、中に入った。

反射的に彼は剣を抜《ぬ》いていた。金属音が鳴り響《ひび》く。闇に火花が散り、まさか受け止めるとは思っていなかったらしい相手の動揺《どうよう》が、剣をとおして伝わってきた。その隙《すき》をついて剣を払《はら》う。猛将《もうしょう》、宋太傅に叩《たた》き込まれた剣術は、まさに実戦で戦うことを前提としたものだった。一撃《いちげき》で相手の急所をつき、確実に絶命させる。それを骨の髄《ずい》まで叩きこまれた彼の剣は、鋭《するど》く相手の喉笛《のどぶえ》を切り裂いていた。――まず、一人。

暗闇に動揺が広がるのがわかる。劉輝は素早《すばや》く気配を確認《かくにん》した。一人……二人……総勢五人。

劉輝は気配を拾って手近な相手から殺しにかかった。鋭い剣をくりだされた相手は驚《おどろ》いた。かろうじて受けるも、次の一撃で絶息する。

「……っ、これほどの腕とは聞いていないぞっ」

小さく声があがる。声の位置で心臓の場所はつかめる。劉輝はすかさず声のほうへ短剣を投げた。断末魔《だんまつま》の悲鳴があがった。――残り、三人。

本気で襲《おそ》いかかってきた残党はなかなか手強《てごわ》かった。だが今回ばかりは相手が悪かった。劉輝はあっというまに二人を斬《き》り捨てた。そして最後の一人。

足払いし、倒《たお》れたところに狙《ねら》いをつけて剣で貫《つらぬ》く。声からしてうまく左肩《ひだりかた》あたりを縫《ぬ》い止めたようだ。――だが、すぐには死なせない。

「――秀麗は、どこだ」

ぞっとするほど冷ややかな声は、多くの修羅場《しゅらば》をくぐってきた兇手《ころしや》でさえ恐怖をおぼえたほどだった。

「どこだ」

言って劉輝は無表情に逆手に握り込んだ柄《つか》をまわす。肩をえぐられた兇手は悲鳴を殺し、空いた右手に忍ばせた短剣で自らの首をかききって絶命した。

そのとき、不意に重い着地音がたてつづけに二度した。低い声が堂内に響く。

「――ここだよ。お姫《ひめ》様はここにいるぜ」

耳障《みみざわ》りな声だった。まだ仲間がいたのだ。劉輝は神経をとぎすませた。確かに、前方の闇の

「ああ。あいにく声を奪《うば》ってるから聞かせられんが。さて、得物《えもの》を捨ててもらおうか」

「……本当に、紅貴妃《きひ》か？」

中に二人分の気配がした。


(ち、ちが――うっ!!)

そのときわずかに離《はな》れた上方の闇のなかで、秀麗は一人奮闘《ふんとう》していた。柱か何かに縛《しば》られたままの秀麗は、下へ降りた兇手二人が、劉輝を騙《だま》して殺そうとしていることに気づいて青くなった。しかし再び口に布を巻かれてしまったため、叫《さけ》ぶこともできない。

得物を捨てろというだみ声のあと、間をおいてカランと何かが転がる音がした。劉輝が剣を投げたと知って、秀麗はいよいよあせった。

(ああバカッ！ 違うんだってば!! そっち行ったのは二人ともあんたの命を狙ってる兇手じゃないの！ ああっもうこの布ったら！)

「いい子だ」

愉悦《ゆえつ》の声。男の一人が攻撃《こうげき》可能範囲《はんい》まで劉輝に近寄る。

秀麗はなんとかいましめから抜け出そうと頭をふってもがいた。そのとき、髪《かみ》に挿《さ》していた簪《かんざし》がぽろりと落ちた。劉輝がくれた金歩揺《きんぽよう》。秀麗はハッとし、それから唯一《ゆいいつ》自由な足で、迷わずそれを思い切り蹴《け》った。

しゃん――とひときわ大きく簪の音が響いた。男が反射的に背後を振《ふ》り向いた。そのとき口

に巻かれていた布がようやく外れて、秀麗は声の限りに叫んだ。

「――劉輝っ！　それは私じゃないわよ馬鹿《ばか》――――っっっ!!」

劉輝は微笑《びしよう》した。

「――わかってる」

次の瞬間、兇手の男二人は自分の胸を剣が突き破っていったのを知った。口から血をあふれさせながら、男たちはゆっくりと後ろを振り返る。

「……得物は、落としたはずだ……」

「鞘《さや》だ。――あいにくと、秀麗はお前の仲間ほど重くない」

あんな音はしない――そう言った劉輝に、男は唇をつり上げた。

「……お前、いい兇手になれるぜ……」

「そんなものになったら秀麗に嫌《きら》われる」

血刀を振り捨てると、劉輝はすぐさま手《て》探《さぐ》りで階段を探して駆《か》け上がった。縛られた秀麗は、いまだ状況《じようきよう》が把握《はあく》できずに腕《うで》の縄《なわ》をほどこうともがいていた。

「劉輝っ、ちょっとあんたまさか死んだんじゃないでしょうね――――!?」

「死んでない」

耳許《みみもと》でささやくと、秀麗は飛び上がらんばかりに驚いた。小刀で縄を切ってやり、自由になった秀麗を、劉輝は無言でぎゅうっと抱《だ》きしめた。

「……よかった、無事で」

秀麗は安堵の溜息《ためいき》をついた。もう抱き返す気力もない。

「……ありがとう。真っ暗なのに、怖《こわ》かったでしょう。……あなたからもらった簪、蹴っちゃって、悪かったわね」

「そんなこと、いい。役に立って簪も喜んでるはずだ。暗闇も……秀麗がいるなら、怖くない」

小さく呟《つぶや》き、ほのかに甘く香《かお》る髪に頬《ほお》をすり寄せる。今更《いまさら》ながら震《ふる》えがこみあげてきた。秀麗がなだめようと両腕を背中にまわしてくる気配がした。そして背に手がかかった時だった。

その手がふいに離れた。不自然な呼吸とともに、かきむしるように胸をおさえる。不自然に体をよじり――秀麗がゆっくりと倒れていく。

「……秀麗？」

劉輝の腕に縋《すが》る秀麗の指から力が抜ける。くずおれる体を抱きとめながら、劉輝は叫んだ。

「秀麗――――！」

●❋●❋●

「――絳攸」

楸瑛は立ちつくしている友人に声をかけた。振り返った絳攸には表情がなかった。

「香鈴の容態は？」

「……気づくのがあと少し遅《おそ》かったら、死んでいた」

目の前に横たわる少女の青白い顔。その目尻《めじり》からこぼれた涙《なみだ》のあとが、まだ乾《かわ》かずにあった。

騒《さわ》ぎのあと、自分の失態が茶太保の野望を露見《ろけん》させたと知って、見張りの衛士《えじ》の目を盗《ぬす》んで香鈴は手首を切った。文机《ふづくえ》の上にきちんと置かれた書状には、すべては自分が一人でなしたものだという文面がしたためられていた。茶太保には何の罪咎《つみとが》もない——と。

絳攸はその書状をきつく握《にぎ》り込んで、吐《は》き捨てるように言った。

「……だから、女は馬鹿だっていうんだ。何一つわかっちゃいない。なんで茶太保が自分を巻き込まなかったのか——その意味すら考えず、一人で突《つ》っ走って、あげくに後追い自殺か」

死にかけていたところを拾われ、後宮の女官にあげられるほどの教育を受け——そうまで大切にされて——。

「香鈴は、君とよく似ているね」

楸瑛は静かに呟いた。

「幼い頃《ころ》に拾われ、大切に養育されて、そして……拾い主をどこまでも敬愛しているところが」

白くなるほど絳攸の拳《こぶし》が握りしめられる。楸瑛はその腕をとって自分の方へ引き寄せた。

「……でも、同じじゃない」

楸瑛は囁《ささや》く。

「君が一人で突っ走りそうになったら、私が止めるからね。迷子《まいご》になった君を連れ戻《もど》すのは、初めて会ったときから私の役目のようだから」

絳攸は楸瑛の軽口にも反発せず、その肩に額をもたせかけた。ぐっと奥歯をかみしめる。

「……馬鹿な女だ」

大切にされていた。だから秀麗のそば近くにありながら、茶太保は香鈴を計画に巻き込まなかった。後宮に一度あがればどんな嫁《とつ》ぎ先も思いのままだ。たとえ、自分の計画が露見しても、香鈴には——と、その思いも知らず。道連れなど望んでいなかった茶太保の意図も汲《く》めず。香鈴は。

それでも、絳攸にはわかってしまうのだ。香鈴の必死な気持ちが。大切にされていても、それと同じくらい、相手のために何かをしたい——そう思う気持ちが。

「……捨てられた者にとっては、拾ってくれた者は絶対の存在なんだ」

硝子玉《がらすだま》のような瞳《ひとみ》で、絳攸はぽつりと呟いた。

茶太保は足を引きずるようにして歩いた。

背から流れる血も、彼の歩みを止めることはできなかった。

——夜が、明けようとしていた。

白々と、東の昊《そら》が藍《あい》から紫《むらさき》にかわる。彼は、高台にそびえる一本の大木まできた。そこらにあふれているはずの追っ手——藍楸瑛の部下たちには、なぜか会うこともなく。

目を細めて、明けようとする東の昊《そら》を見つめる。

そして遥《はる》か昔を思いだす。霄と、宋とともに、かつていくつもの夜明けを見たころ。王とともに、いくつもの戦陣《せんじん》を駆けて。あらゆる時を、人生を、命を燃やすようにして駆け抜《ぬ》けた。

「……老いた、か」

「――いいや」

不意に聞こえた声にも、茶太保は驚《おどろ》かなかった。振り返り――ゆるりと唇《くちびる》をつり上げる。

「お前は、何一つ、変わってないよ」

そう言うと、彼が待っていたただ一人の男は、草を踏《ふ》んで、さく、さく、と近づいてきた。

歩むごとに、姿が変わっていく。白髪《はくはつ》は黒く、歳を重ねた皺《しわ》は消え、背が伸《の》び、体つきは若者のようにしなやかに――一足《ひとあし》ごとに若返っていく男を、けれど茶太保は驚くでもなく見つめていた。

目の前に立ったすらりとした若者に、茶太保は鼻を鳴らした。――若いころのように。

「――ふん、どこかで見た顔だな。髭《ひげ》は、どこに落っことしてきた」

「……つっこみどころは髭じゃないだろうが」

少しは驚けよ、とぼやく若々しい声。その姿も、声も、茶太保はよく知っていた。

「お前のやることにいちいち驚いていられるか、バカ。そんなヤワな心臓じゃない」

鼻を鳴らす茶太保に、男は笑った。常識人に見えて実は全然そうではないことを、知っているのはもうわずかになってしまった。

「……変わってないよ、お前は。頭は切れるのに、馬鹿《ばか》なんだ」

笑みが消える。茶鴛洵《さえんじゅん》、と彼は呟いた。

「……なぜ、私だった？　なぜ、お前のその思いを向けるのが私だった。わかったろう、鴛洵……私は、お前が思うような人間ではなかった、の、に」

「――お前だよ」

茶太保はひたと視線を目の前の男に据《す》えた。追って、追って、追いつづけた男。常に自分の一歩先を行き、最後の最後まで自分の遥か高みに居つづけた男。

「お前だからこそ、追ったんだ。霄《しょう》」

男の目が丸くなる。茶太保は目をそらさなかった。

「お前が何者であろうとも、関係ない。追いかけたのは、お前の影《かげ》なんかじゃない。今目の前にいる、お前だ」

男は笑った。苦笑《くしょう》に似た――けれどどこか嬉《うれ》しそうに。

「……やっぱりお前は、変人だよ」

男の手が鴛洵の胸にのびる。彼は逃《に》げなかった。ただ目の前の男だけを見つめていた。ずぶり、と自分の胸に霄の手が埋《う》まっていくのを、彼はじっと見ていた。血は、一滴《いってき》もでなかった。ふと瞳が揺《ゆ》れ――恍惚《こうこつ》にも似た光がそこに宿る。

「……五十年、ともに過ごしたな。私と、お前と、宋と――三人で」

男の呟きに、茶太保は喉《のど》の奥で笑った。まるで過ぎ去った五十年をなつかしむように。

「──ああ」

吐息《といき》のように、茶太保は答えた。──この男を追ってきた、五十年という歳月。

「俺は、貴様が大嫌《だいきら》いだった。いつもいつも飄々《ひょうひょう》とした顔で俺の先を行くお前が」

男の掌が、手首が、茶太保の胸に埋まっていく。男は笑った。愛《いと》おしそうに。

「最後まで、意地っ張りなやつだな、鴛洵。私はな、お前が好きだったよ。──本当に」

ぎろ、と鴛洵が睨《にら》む。その姿が、かつて戦場を駆《か》け抜けた若き青年の姿と重なり。

「……一度でいいから、お前をぎゃふんと言わせたかった」

「なんだ、そんなこと」

ついに男の腕が肘《ひじ》まで埋まる。彼は空いている左手で〝鴛洵〟を抱《だ》きしめた。

「今まで数え切れないほど、お前にはぎゃふんと言わせられてきたんだぞ」

茶太保の体から力が抜けていく。苦痛は何もなかった。ただ気《け》だるい眠《ねむ》りが全身をつつむ。

男は鴛洵を抱きしめながら、その耳に囁いた。

「──なあ、鴛洵。それでも私が、好きだったろう？　最期《さいご》の時を私に任せるくらいに」

「ふん──……」

茶太保の瞼《まぶた》がゆっくり落ちていく。そして、もう二度と開くことはなかった。

「鴛洵──」

霄太師は力をこめて、友人の亡骸《なきがら》を抱きしめた。泣きそうな顔で、彼は笑った。

「お前を、愛していたよ、鴛洵──。本当はとうに去るはずだった朝廷《ここ》で──五十年も──過

ごして……ともに歳《とし》を重ねたのは……いったい、誰《だれ》のためだったと思っている……?」

紫宸殿《ししんでん》を女官たちが血の気の失せた顔で行き交《か》う。

劉輝は一つの扉《とびら》の前で、紙のように白い顔をしてたたずんでいた。室の中には、秀麗と——重傷で運ばれてきた静蘭がいた。

どのくらい経《た》ったのだろう、静かに室の扉がひらいた。ハッと顔を上げた劉輝の前に、憔《しょう》悴《すい》した侍医《じい》と宋太傅が現れた。宋太傅は、劉輝を見ると一喝《いっかつ》した。

「この…馬鹿弟子《でし》がっ!　惚《ほ》れた女一人守れんでどうするっ!!」

「宋太傅、陶老師。清《せい》…静蘭と、秀麗は……」

陶老師は青ざめた顔のまま告げた。

「……衛士《えじ》のほうは…重傷ではありましたが。宋太傅のご尽力《じんりょく》もありまして何とかもちなおしました。けれど……紅貴妃《きひ》様のほうは……」

「なんだ!」

よくない報《しら》せだ——そう思ったけれど、聞かずにはいられなかった。青ざめたまま、陶老師は告げた。

「……主上のお手持ちの解毒薬《げどくやく》——あれはおよそ万能《ばんのう》の妙薬《みょうやく》。あの薬を主上が飲ませていらっしゃったおかげで、ほとんどの毒は中和されておりました。けれど……ただ一種類」

陶老師はうなだれた。

「わたくしの知らぬ毒がありました。つまり解毒が……できません。今から毒素を調べ、どんなにうまく事が運んだとしても、解毒薬をつくるまでに三日はかかります。紅貴妃様の全身に毒がまわりきるのは早くて半日……遅《おそ》くて一日」

「な……んだと……？」

陶老師の言葉の意味を理解するのに、ずいぶん長いことかかった。

――秀麗の、命が――なんだというのだ。なん、だと――。

「ふざけるなっ」

劉輝はほとんど反射的に叫《さけ》んだ。

「ふざけるな！　秀麗の命が……なんだと？　なんだってそろえてやる。国中のどこからでも、どんな材料でも探してきてやる。だからとっとと室《へや》に戻《もど》ってさっさと毒を消してこい！」

「主上……」

「お前は侍医だろう！　王直属の……国一番の名医なんだ！　お前が知らぬものを、他の誰が知ってるっ!!　他の……誰が……っ」

声が詰《つ》まる。ぐっと喉にこみあげてきたものを飲みこもうとし――涙《なみだ》がこぼれた。

幾筋《いくすじ》も頬《ほお》を伝う涙とともに、今まで必死で押し殺していた感情もあふれだした。

「……いくな……っ」

この想《おも》いを何というのか、彼は知らない。

雪が降りつもるようにひそやかに、自分さえ気づかず静かにつもっていった想い。

街に降りてしまってもよかった。誰が好きでも構わなかった。寂《さび》しくても——自分はもう、
かつてのように大切な人を見失うことはないから。追いかけられるくらい大人になった。

その日がくるなら、いくらだって待てる。長い間、あの人を待ちつづけたみたいに。

でも。

こんなふうに、手の届かないところに行くのは許さない——。

掌をすり抜《ぬ》けて。もう二度とつかまえられないところに行くなんて認めない……っ！

思わず顔を手で覆《おお》った瞬間《しゅんかん》——いつのまに現れたのか、霄太師の声が劉輝の耳を打った。

「——主上。解毒薬が、手にはいるかもしれません」

その声はひどく冷静だった。劉輝はゆっくりと顔を上げた。


——別室で二人きりになると、霄太師はことりと二つの小瓶《こびん》を卓子《たくし》に置いた。

「片方が猛毒《もうどく》、片方が解毒薬です」

ひんやりと霄太師は笑った。

「どちらを、選びますか？」

劉輝は霄太師を射殺しそうな目で睨みつけた。

「……お前は、いつもそうだな」

ぎり、と奥歯をかみしめる。

「いつだって、そうだ」

そして劉輝は、ゆっくりと小瓶に手を伸《の》ばした。

●✽●✽●

白々と夜が明けていくなか、霄太師は仙洞省につづく小道を一人歩いていた。

不意に喉元《のどもと》に冷たい刃《は》をあてられても、彼は微塵《みじん》も表情を変えなかった。

「──物騒《ぶっそう》だな、〝黒狼《こくろう》〟」

「秀麗と静蘭は──どうしました」

ふ、と霄太師は笑った。

「先王のもとで数々の暗殺を手がけた伝説の兇手《ころしや》も、娘《むすめ》と家人のこととなるとそこらの親とかわらんか」

「答えてください」

邵可は短刀を握《にぎ》りしめる手に力をこめた。霄太師はゆるりと微笑《びしょう》した。

「劉輝様は実に王たるにふさわしくなった」

──どちらを選ぶ、とせまった自分に、劉輝は小瓶に手を伸ばすやいなや、両方とも卓子か

ら払《はら》い落としたのだ。小瓶が割れても、劉輝は目もくれなかった。

『……ふざけるな』

劉輝の目が激しく燃え上がった。

『どちらか選べ、だと？　この状況《じょうきょう》で、私を試《ため》そうとするお前が用意するものなんか決まってる。——どっちも毒薬だろう！』

くだらんことをしている時間はない——そう、劉輝は言ってのけた。そして霄太師と真っ向から向かい合い、取引を告げた。

『解毒薬を渡《わた》せ。そのかわり私は、お前の本当に望むことを一つだけかなえよう』

『私の、本当に望むこと、ですと？』

とぼけた返事に、劉輝は嫌《いや》そうに眉《まゆ》をひそめた。

『そのために、お前はこんなことをしたんだろう。望んでないとは言わせない』

霄太師はくつくつと笑った。

「取引は、相手と自分のギリギリの線を見極め、交渉《こうしょう》の場に引きずり出すことが肝要《かんよう》——このわし相手に、よくぞ見極《みきわ》めたものじゃ」

「……取引は成立した、と」

「ああ。今ごろは秀麗殿《どの》も回復に向かっておるはずじゃ。どうじゃ、安心したか」

邵可は硬《かた》い表情のまま短刀をひいた。

「……本当に、先王陛下のころから、あなたは何一つ変わっていませんね、霄太師」

「ほう？　興味深いことを言う」

あなたは、いつだってそうだ——邵可は小さく呟《つぶや》いた。

「いつだって、王のことしか考えない。今回も、八年前のときも」

八年前の王位争い。この老臣ならば、あそこまで国が傾《かたむ》く前にいくらだって事態を収拾できた。けれど彼は最低限のことしかせず、公子たちの争いと、朝廷《ちょうてい》の腐敗《ふはい》をただ黙《だま》って見守った。

「……私がいくら指揮をと頼《たの》んでも、あなたは決して頷《うなず》かなかった。ただ見守り、そして待った。仕えるに値する王が現れるのを。もし誰《だれ》も現れなければ、混乱を極める国情などには見向きもせず、朝廷を退《しりぞ》いていずこかへ去るつもりで」

霄太師の笑みは変わらない。

「だが最後の最後で劉輝様を見いだしたあなたは、瞬《またた》く間に国を建て直していった。規律を整え、国土の荒廃《こうはい》をくいとめ、百姓《ひゃくせい》を救い、百官を正し——二十年はかかることをほんの数年でやりとげ、腐敗臭《ふはいしゅう》に満ちた玉座をきれいにして、あなたは劉輝様を王に迎《むか》える準備を調《ととの》えていった。なにもかも——すべては王のために」

国のためでも、百姓のためでもなく。

ただ仕えるべき王のためにしか、この名臣と誉《ほま》れ高い老君は動かない。そのことに気がついたのはいつだったか——。

「……あなたはあまりにも王のことしか考えない。自分が認めた王のためには心身を賭《と》して尽《つ》

くすのに、それ以外にはあまりにも冷酷《れいこく》だ。誰が死のうが関係なく、誰の人生を狂《くる》わせても構わない。幾千幾万《いくせんいくまん》の百姓《ひゃくせい》が屍《しかばね》になろうがまったく意に介《かい》さない。……なぜです？　なぜあなたは王以外を見ようとしないのです。なぜそれほどまでに王にとらわれているのですか」

霄太師は笑った。口許《くちもと》だけで。

「とらわれている……か。なかなかうまいことを言う。そう……わしはとらわれておるのじゃよ。王ではなく、約束に、だがな」

「約束……？」

「遥《はる》か昔の、な。──仕えるに足ると認めた王にのみ忠誠を尽くし、野心なく私心なくこれを助け、訓《おし》え導くこと。すべて王にのみ仕えること。かの王なしと判断したときは、すみやかに朝廷を辞すこと。決して国や百姓《ひゃくせい》に仕えようなどとは思わないこと。何があっても決して自らの意志と判断において政事《まつりごと》を行わないこと。ゆえにどれほど国が荒《あ》れようが、戴《いただ》く王のない限り、何かをなすことは許されない──とな。わしは、その約束を守らねばならんのだよ。何があってもな」

「そんな約束を……だれと……」

「お前の知る必要のないことだ。──邵可、お前は国と百姓のため、先王陛下に仕えた。だがわしは王のために国と百姓に仕える。わしにとっては王が第一だ。ゆえに王を導くためならば、誰を犠牲《ぎせい》にしても構わぬ。たとえ、それがお前の娘の命であろうともな」

邵可《しょうか》の目が静かな怒《いか》りに燃えあがる。

「……私はあなたの言葉に従って今まで多くの命を狩《か》ってきました。あなたの判断はいつも正しく、一人首を落とすごとに先王陛下の治世は少しずつ良くなっていった。だから決して誇《ほこ》れぬ仕事と知りつつも、納得《なっとく》ずくで手を染めてきました。けれどもう国は定まった。だから私は〝風の狼《おおかみ》〟を解散させました。狩るのは罪人のみ——それが、私の譲《ゆず》れぬ一線だったからです」

「覚えておるよ。わしがその約定《やくじょう》を破ったことがあったか？」

「珠翠も〝風の狼〟です。私の配下をあんな風に使うとは——」

「茶太保は、罪人であろう？　劉輝様を弑《しい》そうと謀《はか》った」

「そうさせたのは、あなただろう！」

邵可はカッと声を荒《あら》げた。

「茶太保は——確かに、あなたの上に立ちたいという思いを抱《いだ》いていたかもしれません。けれど彼はそれを内に殺すだけの理性があった。意志の強さも。それを、あなたはいとも簡単に崩《ほう》壊《かい》させてしまったんだ。夢を、現実にできるかもしれないと——一瞬《いっしゅん》でもそう思わせて、強固な彼の心にひびを入れて。そのひびを大きくさせるための手を次々と打っていった」

霄太師の笑《え》みは、ちらとも揺《ゆ》らがない。邵可は拳《こぶし》を握りしめた。

「——秀麗を、後宮に送ったのも、静蘭を劉輝様のそばにおいたのも、そして珠翠を茶太保のもとにやったのも、すべてはそのためだ。秀麗が後宮へ入り、王は自ら政事をとるようになった。そして秀麗以外見向きもしなくなった。秀麗を貴妃《きひ》に推《お》したのはあなただ。茶太保は内心穏《おだ》やかじゃなかったでしょう。——こうして一つ、彼の心に波を立てた。そして次に珠翠を彼

のもとにやった。珠翠は女性ながら凄腕《すごうで》の兇手。茶太保はいい手駒《てごま》ができたと喜んだでしょう。貴妃の筆頭女官として後宮に送り込めば、秀麗の情報も、王の周囲の様子もわかる――これで二つ。そして駄目押《だめお》しとばかりに清苑公子の存在をにおわせた。かつての第二公子で、その悲運に同情する者も多い。人望厚く聡明《そうめい》であった彼ならば、玉座につけるのはたやすい。――すべてを、お膳立《ぜんだ》てして、あなたは茶太保の心にひびを入れていった。もしや謀反《むほん》は成るかもしれぬと思わせた。そしてあなたの上に立てるかもしれないと」

「ふむ。なんのために」

「――王のために」

邵可は即答《そくとう》した。霄太師は笑った。まるでできのいい教え子を見るかのように。

「あなたは実にうまく状況を利用した」

邵可は吐《は》き捨てた。

「秀麗は期限付きの妻《つま》だった。けれど王が執心《しゅうしん》したとなれば話は別だ。夜をともにしはじめれば子ができるかもしれない。期限付きが無期限にのびるかもしれない――その状況下で、香鈴が茶太保の焦《あせ》りを知り、秀麗に毒を盛りはじめる。時を前後して私も銀器を送った。――警告になればと思ったのですがね」

――ひと月。この辺りが境目だと、邵可は思っていた。王は予想以上に秀麗に関心をもった。期限付きを無期限にのばしかねないほどに。誰かが何らかの思惑《おもわく》をもって動くなら、この時期だ。それを王にどう示そうかと思っていた矢先に、絳攸経由で銀器が送られてきた。

送り主は紅吏部尚書《りぶしょうしょ》――絳攸の上司であり、邵可のすぐ下の弟、つまり現紅家当主。

邵可が誰より信頼《しんらい》する弟は、やはり事が起こるのを予測して銀器を送ってよこしたのだ。純銀は、毒に反応する。それを送るということは、身の回りに気をつけろという警告。

「劉輝様はすぐに気がついて、絳攸殿と藍将軍に紫《むらさき》の花菖蒲《はなしょうぶ》を贈った」

〝下賜《かし》の花〟――あの花菖蒲は、それだけの意味ではなかった。

花菖蒲の葉は、剣《けん》のように長く鋭《するど》い。それゆえに、剣士の花の異名をもつ。葉に囲まれた花は王家を表す紫。それを贈る意味は『王の花を守れ』――つまり、秀麗を守れ、ということだ。

「もっとも有能で、もっとも忠誠心を勝ち得るのが難しい二人の青年は、〝花〟を受けとった。そして彼ら二人の手で後宮に包囲網《ほういもう》が敷《し》かれていく」

そのなかで、あなたは香鈴を見逃《みのが》した――邵可は淡々《たんたん》とつづける。

「珠翠から香鈴の報告を受けても、放《ほう》っておいた。それはそうですね。珠翠の隠《かく》れ蓑《みの》になる上、あの茶太保の、絶好の隙《すき》ですから。――いえ、ひょっとしたら茶太保の心の内を香鈴に知らせたのはあなたなのではありませんか？　それを聞いた香鈴の、あとの行動をも予想して」

霄太師は唇《くちびる》に薄《うす》い笑みを刷《は》いたまま、何も言わなかった。

「そして珠翠に劉輝様と秀麗の様子を見張らせる。茶太保はこの時点ではほとんど動いていない。慎重《しんちょう》な人でしたからね。――そして、劉輝様が香鈴を調べ上げ、彼女の育ての親が茶太保だということを突《つ》き止める。と同時に、茶太保も珠翠を使って動き始め、静蘭と秀麗を奪《うば》う。劉輝様はすぐに奪還《だっかん》の手を打とうとし、その際、あなたは駄目押しとばかりに秀麗の居場所を

さずに。

して不穏《ふおん》分子の一掃《いっそう》——すべてを、この一件で霄太師は片づけてしまったのだ。自分の手を汚《よご》さずに。

政事《まつりごと》、女性、有能な臣下、秀麗と静蘭の命の危機に面しての心的成長、王としての自覚、そ

示す書状を珠翠に届けさせる。——このとき、すでに茶太保はあなたにとって用済みだった」

「——すべては、劉輝様を王たるにふさわしくするために。そして茶太保はただそのためだけに利用された。彼が計画を実行に移すまさにそのときに劉輝様に叩《たた》かせ、終幕——」

「……ふ…お前は昔から、誰より優秀《ゆうしゅう》で、有能だった。先王陛下からの名実ともに申し分ない地位の内示を断らなければ、府庫などで埋《う》もれているはずのない男だ。八年前も、お前が重臣であったなら、あれほどまでに国が荒れることもなかったろう」

邵可はぐっと唇をかみしめた。

「……ええ、府庫にいて後悔《こうかい》したのは、あの時だけです」

霄太師はふと、笑った。この男が権力をもたなかったからこそ、できたこともある。

「茈《し》静蘭か……うまいこと名付けたものだな」

静蘭の名は、茈静蘭。静蘭と名づけたのは妻。茈と名付けたのは邵可だった。

茈は花の名前。むらさきそう。誰《だれ》も使うことを許されぬ、王家の紫氏に通じるもの——。

「お前には感謝せねばなるまいな。流罪《るざい》になった清苑公子を拾いに行き、劉輝様には学問と——宋に頼《たの》んで武も磨《みが》かせた。そしてすばらしい娘《むすめ》を育ててくれた」

邵可の目に火がともった。

「皮肉ですか」

いいや、と霄太師は笑みを消し、月を見上げた。

「心からの礼じゃよ。お前のような者がいるから、この国もまだやっていける」

霄太師はゆっくりと歩きだした。すれ違《ちが》いざま、邵可は霄太師に告げた。

「私は、あなたを許しません」

冷ややかな声音《こわね》で邵可は言った。

「何の罪もない秀麗と静蘭を――王のためにあれほど尽くした二人を、あなたは用済みの調度を薪《たきぎ》にして火にくべるがごとく最後まで利用して、殺すこともいとわなかった」

「殺そうとは思うておらなんだぞ」

「ですが、結果的に死んでも別に構わないと思っていたのでしょう」

霄太師はただ笑っただけだった。邵可は短刀を振《ふ》りかぶった。目にもとまらぬ速さでくりだされた短刀は、霄太師の首筋すれすれをすり抜《ぬ》けて木の幹に突きささった。

「――覚悟《かくご》しておいてくださいね。このくそじじい。いつか絶対殺しに行きます」

霄太師はまた笑った。振り返ると、楽しみにしておるよ――と飄々《ひょうひょう》と言った。

そうして彼は仙洞省に向かってまっすぐ歩いていったのだった。

「邵可様」

霄太師の立ち去ったあと——忽然と現れた人影《ひとかげ》に、邵可は振り返った。

「……珠翠」

びくり、と珠翠は体を震《ふる》わせた。邵可はそっと訊《き》いた。

「……なぜ、王宮にとどまった？　私はあのとき、言ったね。それぞれの道を、思うように生きてほしいと。……誇れる、仕事では決してなかったから、私はいつも、皆《みな》に負い目があった。特に、君は……私が拾ってしまったせいで、こんな道に引きずり込んでしまったから……」

珠翠は顔を上げた。その顔は泣きそうに歪《ゆが》んでいた。

「……邵可様！　私は、望んで」

「でも、君はとても幼かった。こんな仕事を覚えさせるべきではなかった」

「こ、後悔《おどろ》、しておいでですか。私を拾って」

邵可は驚いた。珠翠の目尻《めじり》からぼろぼろこぼれた涙《なみだ》をぬぐってやる。

「どうしてそんなことを言う。私が後悔しているのは、君にまっとうな道を歩ませてあげられなかったことだよ。君は小さな頃《ころ》からとてもきれいで、頭も良かった。いくらだって、輝《かがや》かしい未来があったはずなのに……」

珠翠は首を振った。そんなもの、いらなかった。ただこの人のそばにいたかった。それだけが望みだった。だから王宮に残り、霄太師の請《たの》みも受け入れた。もとより、邵可のそばで生きること以外、考えられなかったから。彼の選んだ奥さんをとても好きだったし、彼の娘を好ましいと思っていた。邵可を取り巻くすべてが愛《いと》しかった。なのに。

なのに――私は。私がしたことは――。

「……ごめ…なさい……ごめんなさい…っ」

珠翠はぽろぽろと泣いた。この人の前では珠翠はいつも――ただの子供に戻《もど》ってしまう。

つと差し出された手巾《てぬぐい》を認めた珠翠は、目を丸くした。これは――。

「……いつのまにやら府庫に置いてあってね。私宛《あて》で、贈《おく》り主は不明なんだけれど」

邵可は笑った。じぐざぐの刺繍《ししゅう》をそっとなでる。

「この刺繍、見覚えあるなぁと思って。……君だね？　珠翠。――ありがとう」

珠翠の目から涙があふれる。嬉しくて、珠翠は何も言えなかった。

「それにしても、ずいぶん上達したね。私が見てもすばらしい出来だよ、この獅子《しし》！」

「……は？」

「お裁縫が苦手だった君がよくぞここまで。家内が見たら感激するよ。この鬣《たてがみ》なんか実に」

「……花です」

「え？」

「花柄の刺繍です、それ」

邵可は言葉を失った。次いで青くなっておろおろする邵可の様子に、珠翠は思わず笑った。

変わっていない――この人は。「仕事」以外ではいつだって不器用で、――鈍感《どんかん》で。

ようやく笑った珠翠に、邵可はほっとした。そしてそっと、珠翠の頭をなでる。

「……あのくされじじいに、秀麗の命は保証する、とでも言われたんだろう？」

珠翠はややあって、小さく頷《うなず》いた。やっぱりな、と邵可は舌打ちした。

「昔から、あの人は本当に鬼畜《きちく》なんだ。しばらく呑気《のんき》に暮らしていたから、私もうかつにも忘れていたけれど」

君は悪くない――と邵可は囁《ささや》いた。

「〝狼《おおかみ》〟の君が、霄太師に命じられたら遂行《すいこう》するしかない。気づいてやれなかった、私が悪かった。本当に、つらい思いをたくさんさせたね」

珠翠は子供のように泣きじゃくった。頭をなでてやりながら、邵可はふと訊いた。

「……秀麗に毒を飲ませたのは君かい？」

「いいえ。後宮から出して茶太保の手の者に渡《わた》しただけで――まさか、そんなことするなんて」

「あの陶老師でさえも知らなかった毒を……ましてやその解《げ》毒薬《どくやく》を、どうして霄太師がもっていたのだろう？」

あの飄々とした老臣の姿はもう見えなかった。その先にある高楼《こうろう》を何気なく見上げて、邵可は戦慄《せんりつ》した。

――なぜ、彼はこんな時間に仙洞省に向かった。伝説の彩八仙《さいはっせん》以外、誰も入ることかなわぬという風雅《ふうが》の高楼に？

歩きつづけ、霄太師は仙洞省についた。高楼を静かな眼差《まなざ》しで見上げる。

「……劭可、お前は一つだけ思い違いをしている」

私が、あいつを陥《おとしい》れたわけではない——あいつが、それを望んだのだ。

思うように生き、死んだ。すべてを自分の意志でつかみ取ってきた。あらゆる努力をして這《は》い上がってきた。——ともに過ごしてきた時間は、自分たちにしかわからない。

友情と憎《にく》しみ。自分に向けられるその思いに、彼はとうに気づいていた。

なぜ、と思った。なぜ、お前のその思いを向けるのが「私」だったのだと。

けれど彼は言った。私が何者でも、たとえ人でなくとも、関係なかったのだと。追いかけ、目指したのは、「私」だからだったと。

霄太師の唇から、笑《え》みがこぼれおちる。それは滅多《めった》にみせることのない、心からの。

「……嬉《うれ》しかったぞ、鴛洵」

最後の最後までお前らしさを失わなかった。その変わらぬ激しい心を愛していた。

手にとるように互《たが》いを理解していた。だから……殺した。

誰より誇《ほこ》り高いお前が、これが最初で最後と決めていたから。

お前が決めたなら、私はそれにふさわしい幕引きを。最後まで、お前など及《およ》びもつかぬ高みにいるのだと——それが、お前の望むことだったのだろう？　茶鴛洵《さえんじゅん》——。

私を蹴落《けお》としたいと願いながら、ずっと先にいてほしいとも思っていたことなど、承知。

「……お前は昔から、わがままなやつだったからな」

殺したくなど、なかった。その思いは胸からあふれ、けれど口の端《は》にはのぼらず、再び心の

奥深くに沈《しず》んでいく。――長い長い間、ともに過ごしたのだ。宋と、お前と、私の三人で。

　私さえいなければ、お前はどの国、どの時代であっても王のかたわらにいただろう。誇り高く、努力家で、揺《ゆ》るぎない忠誠心をもち――人嫌《ひとぎら》いの私の心さえ勝ち得たお前。

「それでも、お前を殺すのは私の役目だ」

　お前の人生を狂《くる》わせた男として。お前が憎み、愛した友として。お前を愛する友として。

　それは、他の誰にもできぬこと。

「老いた、と、お前は言ったな」

　霄太師は白みはじめた旻《そら》を見上げた。

「……どこが、老いたものか。お前は最後の最後まで、若い頃の、理性的で激しく、そして女に優《やさ》しい男のまま――」

　彼は笑った。自嘲《じちよう》のような、ともすれば泣きそうにも見える顔で。

「羨《うらや》ましいよ。鴛洵……人であるお前がな」

終章

「……早いわねぇ」

秀麗は静蘭の枕元《まくらもと》で桃《もも》を剝《む》きながら溜息《ためいき》をついた。

「もうひと月もたつのね」

そうですね、と静蘭は溜息をついた。

「……私ももうこの室にいる意味はないんですけれどね」

ひと月、静蘭は王の命《めい》により、宮城の一室で治療《ちりょう》を受けていた。秀麗のほうは致死《ちし》毒だったとはいえ、解毒薬を投与《とうよ》して二、三日眠《ねむ》ったらすっかり元気になった。むしろ毒に似た香《こう》を吸い、全身激しい殴打《おうだ》を受けて腿《もも》に小刀を突《つ》き刺《さ》した静蘭のほうが回復はずっと遅《おそ》かった。それでも、ひと月もすればほぼ全快に近づいていた。

「父様には、先に家に戻ってもらったわ」

秀麗はにこっと笑った。

「明日、家に帰りましょ？」

「お嬢様《じょうさま》……」

秀麗は窓から庭院を眺《なが》めた。

「ずいぶん、長いことといたわねぇ。桃も桜も、もう終わりね」

「……よろしいんですか？」

「私ができることは、もう何もないわ」

かた、と秀麗は小刀を置いた。さわ、と初夏のあたたかい風が室《へや》に舞《ま》い込む。

「主上がちゃんと政事《まつりごと》をするようになった今、私が後宮にいる意味は何もない。日がな一日ぼんやり過ごすなんて、いやよ。それにね、……私の生きる場所はここじゃないもの」

秀麗には、ただ劉輝の心を慰《なぐさ》めるためだけに生きることはできなかった。街で子供たちに学問を教えて、あちこちで一生懸命《けんめい》働いて、家に帰ってご飯をつくって、服の繕《つくろ》いものをして。十六年間そうして生きてきた。それは、後宮で綺麗《きれい》に着飾《きかざ》り、王を——劉輝を待って何もせずにぼんやり一日を過ごすことと引き替《か》えにできるものではなかった。

自分にできること。自分にしかできないこと。後宮でのその役目は終わった。けれど、まだ街では終わっていない。

「……もともと、帰るってのを前提にしてきたもの。塾《じゅく》も再開しなきゃだし、夏の宴に向けて侍女《じじょ》仕事も舞い込むだろうし、第一、私がいなくなったら家はどうするのよ」

「……主上が、寂《さび》しがりますね」

静蘭が小さく笑った。

「どう伝えるつもりですか？」

「もう伝えたわ」

静蘭は目を見ひらいた。秀麗はちょっとだけ頬《ほお》をふくらませた。

「それがね、『そうか』としかいわないのよ。もうちょっと別れを惜《お》しんでくれてもいいと思わない？」

「……ちょっと訊《き》きますが、そのあと庭院に降りませんでしたか？」

「へ？　ああ、そうね、庭院の木の剪定《せんてい》がどうたらとか、わけわかんないこと言ってたわ」

「………………」

静蘭は吹《ふ》きだしそうになった。――昔から、ひどく落ちこんだとき、よく劉輝は庭院に降りて一人で鬱々《うつうつ》と沈み込む癖《くせ》があった。そのたびに自分は庭院に隠《かく》れて座り込んでいる幼い少年を拾いに行ったものだ。ちなみにわけのわからないことを口走るのは最深の落ち込み度だ。

「きっと、主上も内心ではとっても寂しがっていると思いますよ」

「うーん、そうね。実はなんとなく知ってる。……ずいぶんなつかれたと思うもの」

「寂しいですか？」

秀麗はちょっと笑った。そうね、と呟《つぶや》く。

「三月《みつき》近くも顔を合わせてきたもの。なんだかんだ言って楽しかったしね。でも」

秀麗は節くれだった指を見つめた。お姫《ひめ》様の手ではありえない指を。

「……今度は、本当の奥さんを迎《むか》えるべきよ。いつまでも私が居座ってるわけにはいかないわ。今のあの人なら、きっと先を争って美人で頭のいい本物のお姫様たちが入ってくるわ。そうし

たら、男色家なんてどこかにふっとんじゃうわよ」

静蘭は目を瞠《みは》った。――そんなことを気にしていたのか、と。

一国の王さえも惹《ひ》かれたのは、美しさでも細い指先でもない。そんなものと引き換《か》えにならないほど貴重なもの。それに――。

「あのひと、きっといい王様になるわ。そうでしょ？　静蘭」

にっこり笑う秀麗。――きっと、彼女は美しくなるだろう。その内面の美しさによって。

笑顔を返しながら、それにしても、と静蘭は思った。これほど愛情あふれる笑顔ながら、そこに見事なほど恋情《れんじょう》がない。気づかせなかった王がすごいのか、気づかなかった秀麗がすごいのか。……どっちもだろう。

そして室の扉《とびら》が叩《たた》かれる。


「……明日、秀麗と一緒《いっしょ》に帰るそうだな」

劉輝が呟くように言う。秀麗が席を外し、室には劉輝と静蘭の二人だけだった。

静蘭は顔を上げた。劉輝はうつむいたままだった。

「……それは、いいんだ。……そなたと二人きりになれるのは今日で最後のようだから、きた」

劉輝が静蘭を見た。静蘭は少しだけ、表情を変えた。

さやさやと、庭院《にわ》の梢《こずえ》が音を立てた。

「……私には、大好きだった兄上がいた」

ぽつりと、劉輝は話しはじめた。

「二番目の、兄上だった。清苑兄上……いつも、ひとりぼっちだった私と、遊んでくれた。兄上はとてもお忙《いそが》しかったのに、暇《ひま》を見つけては会いにきてくれた。いつも庭院の隅《すみ》で震《ふる》えてうずくまっていた私を、兄上だけが見つけてくれた。清苑兄上だけが、私に優しくしてくれた」

劉輝は、「余」という一人称《いちにんしょう》を使わなかった。そのことの、意味に静蘭は気づいたけれど、何も言わなかった。静かな顔で、黙《だま》って話を聞いていた。

「私は、誰《だれ》よりその兄上が大好きだった。母上が相手でも、他の兄たちが相手でも、清苑兄上はいつも私をその大きな背にかばってくれた。夜の庭院に一人放《ほう》り出されたときも、地下蔵に閉じこめられたときも、見つけてくれたのは兄上だった。兄上だけが、私を捜《さが》してくれた」

ゆっくりと瞼《まぶた》を閉じる。遠い昔の、哀《かな》しくて大切な記憶《きおく》を思い起こすように。

「……私は母が死んでも、兄がみんな死んでも、泣かなかった。本当に全然、悲しくなどなかったんだ。けれど、清苑兄上がいなくなってしまったときだけは、泣いた。毎日毎日泣いて……きっと、私の十年分の涙《なみだ》はあれで使い果たしてしまったな。……あれから一日だって、兄上のことを忘れた日なんかなかった」

――いつもいつも、待っていた。春も、夏も、秋も、冬も。めぐる季節のなかで、彼が望んでいたのはたったひとつだった。流罪《るざい》になったと、邵可に教えられたあとも、待ちつづけた。兄上はとても頭が良くて強かったから、きっといつか、王宮の高い塀《へい》も、何百人もの警護兵も、

ものともしないで乗り越《こ》えて、迎えにきてくれるかもしれないと、思って。

「……それが、途方《とほう》もなく無理なことだと知ったのは、ずいぶんあとのことだった。だったら、こっちから会いに行こうと思った。ちょうど、内乱も終結して、私のことなんか父上も朝臣たちも誰も気にしてなかったから、霄宰相《さいしょう》あたりが王になるものだと思ってた。だから旅支度《たびじたく》も調《ととの》えた。駄目押《だめお》しに廃公子にでもしてくれればしがらみもなくなってすっきりするとも思っていた。なのに、霄宰相がばかなことを言い出した。あろうことか父まで王になれと言い出した。今まで見向きもしなかった朝臣たちがみな、私の前に膝《ひざ》をついた。――ふざけるな、と思った」

劉輝の声は淡々《たんたん》としていた。

「今までさんざん放っておいて、今さら何を言う、と思った。私が王宮にいたのは、ただ邵可と宋将軍がいたからだ。そして自分で王宮《ここ》を抜《ぬ》けられないくらい子供だったからだ。いつか、絶対王宮《ここ》を出てやると思っていた。宋将軍に剣《けん》を習ってから、兄全員それぞれ叩きのめしたら二度とちょっかいはかけてこなくなったが――同じ空気を吸うのも嫌《いや》だった。まあでも上に四人もいるんだから、末の私一人消えてもどうってことはないと思っていた。もともといてもいなくてもいいような扱《あつか》いだったしな」

微《かす》かに、静蘭の表情が翳《かげ》る。けれどやはり、何も言わなかった。

「……本当は、内乱当初に抜け出そうと思っていたんだ。でも、その矢先に邵可が出仕しなくなって。どうしたんだろうと思って、出仕を待っていたらズルズルと時が過ぎて、……気がついたら、公子は私一人になっていた」

「…………」

「それでも、こんなばかな共倒《ともだお》れを起こしまくった兄たちと半分でも同じ血を継《つ》いでる公子なんか、きっと廃されるだろうと思ってた。あるいは今までと同じように、いないものとみなされるか。だから旅支度をして……城を出て、清苑兄上を捜すときを待っていた」

さやさやと、風が室《へや》を満たしていく。静かな沈黙《ちんもく》ののち、劉輝は再び口をひらいた。

「……だから、霄宰相から王にといわれたときは、本当に頭にきた。こんなところに、私を一生閉じこめるのか、と思った。どこを見ても、どの顔を見ても、嫌な思い出しかないんだ。府庫、くらいだな。……霄宰相に禅譲《ぜんじょう》すると、いくらいっても父上も――霄宰相も頷《うなず》かなかった。それでもさんざん、つっぱねて、逃《に》げようとしたけれど、霄宰相、本当に鋭《するど》いんだ。よくあんなに頭が回る。片《かた》っ端《ぱし》から見抜《みぬ》かれて、とっつかまって。あげくの果てには霄宰相、王位につかないなら官を辞しますとか言って。ふざけるなこのじじいと思った」

内乱で、国が疲弊《ひへい》していることくらいは――それが実際どれほどのものかは実感できないにせよ――わかっていた。そして朝廷《ちょうてい》も王位争いを経て、いまだ全然機能していないことも。権力と実力を兼《か》ね備え、朝廷をまとめて動かしていけるのは霄宰相だけなことも。なのに霄宰相は、劉輝の即位《そくい》とそれらをひきかえにしても構わないと言い切ったのだ。

「ふざけるなこのくそじじいと思ったけれど……最後の最後、邵可に頼《たの》まれて、即位を承諾《しょうだく》した。今まで一度も何かを願うことなどなかった邵可に請《こ》われたら、もう、仕方ない。あきらめた。けど、一つだけあきらめきれないものがあった。私が十年以上抱《いだ》きつづけてきた望みだけ

は、あきらめきれなかった」

わずかに、静蘭の目が見ひらく。何を、言い出すのか、というような。

「……最後の、賭《か》け、だった」

ぽつりと、劉輝は呟いた。

「私がもし王にふさわしくないと判断されたら？　次は誰が担《かつ》ぎだされるだろうと、思った」

静蘭の顔色が変わる。

「邵可に、あの時代の繰《く》り返しだけはやめてほしいといわれたから、ギリギリ国が正常に動く程度のことはした。そして、待った。誰かが兄上を思いだして、王位に迎えようとするときを」

流罪にされた公子を朝廷に迎え入れるのは、勅命《ちょくめい》をもってしても不可能だ。それ相当の理由がなくば、二度と宮城に戻《もど》ることかなわない。ならばと、彼は理由をつくったのだ。政事をかえりみない昏君《こんくん》。朝廷に縛《しば》られてしまった彼の、それはギリギリの賭けだった。

皮肉にも、ここでも一つ、ごく私的な、けれど国の命運を揺《ゆ》るがす賭けが行われていたのだ。

「――主上……」

「わかっている。……私の、わがままだった。今は、それがわかる。けれど、どうしてもかなえたかった。そのくらい、清苑兄上は、私のすべてだったんだ」

置いていかれる夢を、毎晩のように見ていた。十年以上の月日がたっても。

けれど静蘭が手を握《にぎ》ってくれた日から、不思議とその夢は見なくなった。そして秀麗と一緒に眠《ねむ》るようになって、ほかの悪夢もピタリとやんだ。

霄太師がよこした二人は、劉輝にとって、なにものにも代え難《がた》い二人だった。相変わらず、なぜ、あのじじいはあんなに鋭いのだろう、と思う。まるで千里眼でももっているかのようだ。何もかも見通す——仙人《せんにん》の宝貝《どうぐ》。頭にくるけど、やっぱりかなわない。

あのじじいほど腹黒くて鬼畜《きちく》で自分勝手で、いつだって私の気持ちなんかお構いなしで、どんな手を使っても自分の望みを叶《かな》えようとする嫌なじじいはいない。——そして、あれほど先王《ち》とこの国を何より愛している者も。

望むものをかなえる——そう、約束した。しかし、それは自分でなくともいいはずだ。

「……私は、今でも、もし、兄上を見つけたら、すぐに罪を赦《しゃ》して、私にかわって玉座についてもらおうと思ってる。私は……兄上の隣《となり》で、そのそばで、補佐《ほさ》ができたら、嬉《うれ》しい」

静蘭は静かな顔で黙っていた。劉輝は思わず声を上げた。

「兄う……」

「主上」

静蘭は劉輝の言葉を遮《さえぎ》った。

「私は、清苑公子などでは、ありませんよ」

傷ついた顔をした劉輝に、静蘭は優《やさ》しく笑いかけた。

「でも、もし私が清苑公子なら、こう言ったでしょうね。……そんな馬鹿《ばか》な考えは、早く捨ててしまえ、と」

「なん……」

「王は、あなたです、主上。あなたを中心に、朝廷は機能しはじめました。もう清苑公子なんて、必要ないんです。どころか、邪魔《じゃま》です」

「ちが……っ」

「それに、清苑公子も、別にそんなものいらんと言うと思いますけどね。きっと、どこかあたたかい家庭に迎《むか》え入れられて、気の優しい旦那《だんな》様と、元気で働き者のお嬢《じょう》様のためにせっせと働いて、貧乏《びんぼう》でもきっと幸せに暮らしていて、愛する末の弟が頑張《がんば》っているのを見て、とっても嬉しく思っているはずですよ。そしてできたら、陰ながらお仕えできたらいいと。それだけで満足だと。……どうやら、清苑公子はとってもできた方らしいですから」

笑った静蘭に、劉輝の顔がゆがんだ。ぐっと、喉元《のどもと》に熱いものがこみあげる。

「……私、は、本当に、兄上が」

「泣かないでください。……ええ、多分、清苑公子もそんなこと、とてもよくわかってらっしゃると思いますよ。でも、彼はとっても謙虚《けんきょ》なので、……たった一度だけ、兄と呼んでくださっただけで、もう充分報《じゅうぶんむく》われて幸せな気分になっていると思います。ええ、保証します」

「……私は、それだけじゃ、いやだ」

「なかなか、強情《ごうじょう》ですね」

静蘭は苦笑《くしょう》した。少しだけためらい、そっと劉輝の頭をなでる。

「……いいですか？　そんなことを言い張っていると、また面倒《めんどう》なことになると思って、近くにいた清苑公子もとんずらこいてしまうと思いますよ」

「……とんずら」

「えぇーと、いなくなってしまうということです」

劉輝が顔を上げた。拍子《ひょうし》に目尻《めじり》にたまっていた涙《なみだ》がこぼれた。静蘭はそれを優しくぬぐった。

「それでも、いいんですか？」

「……い……やだ」

「では、もうそんなこといってないで、どっかにいるかもくらいで我慢《がまん》してください」

「……………」

「我慢してください」

「…………………………う……はい」

静蘭はにっこりと笑った。ここに楸瑛がいたら、もしかしたら彼が最強だと言ったかもしれなかった。

劉輝は恨《うら》めしそうに静蘭を見上げた。──すべての元凶《げんきょう》は絶対、この顔だと思った。

「……静蘭は、なんでそんな顔をしてるんだ。余は絶対、同じくらいの歳《とし》だと思っていた」

「年齢不詳《ねんれいふしょう》なんです、私は。自分でもいくつだかわかりません」

「……あの楸瑛より年上なんて……思わないじゃないか……」

「心外ですね。彼より精神的にずっと大人だと思いますが」

さらりと言ってのけた静蘭に、劉輝は背筋が冷えるのを感じた。穏《おだ》やかな笑《え》みで大人たちを手玉にとっていた兄を思いだす。劉輝は思いださなくてもいい諸々《モロモロ》まで思いだしてしまった。

まさしくこの人はあの兄だと——ひしひしと劉輝は実感したのであった。

●❋●❋●

翌日——秀麗と静蘭は行きとは違《ちが》い、少数の見送りに囲まれていた。

隣にはやはり目立たない軒《くるま》が用意され、軒のそばには秀麗と邵可、そして静蘭が並んでいた。

「お世話になりました」

ぺこりと頭を下げた秀麗だが、見送りに霄太師の姿がないのを寂《さび》しく思う。

「残念だわ……霄太師にもちゃんとご挨拶《あいさつ》したかったのに、お仕事なんて」

すると劉輝はやけに怖《こわ》い顔をした。ずい、と秀麗に顔を近づける。

「……秀麗、あの腹黒じじいにだまされてはいかんぞっ」

「はあ？」

邵可と珠翠も何やらうんうんと頷《うなず》いている。事情を知らない秀麗は首をひねったが、「腹黒」と「だまされる」にハッと反応した。

「——もしかして霄太師、約束の謝礼金を踏《ふ》み倒《たお》すつもりじゃないでしょうね!?　冗談《じょうだん》じゃないわ。父様、ちゃんとふんだくってくるのよ！　偉《えら》い方だからって甘い顔しちゃダメよっ!!」

見当違いの憤慨《ふんがい》だったが、今度はこの言葉に劉輝が反応した。

「……秀麗は、金目当てで余に嫁《とつ》いできた上、余をもてあそんで捨てるのだな……」

「ちょっと人聞きの悪い言い方しないでちょうだい！　正当報酬《ほうしゅう》といいなさいよっ」

「あのクソじじいにつかまされた手切れ金はいくらだ⁉」

「金五百両」

「安い！　秀麗待つのだ、余ならその三倍」

「はーいはいはいそこまで」

楸瑛は劉輝の口を塞《ふさ》ぎ、その耳に囁《ささや》いた。

「未練がましい男は、嫌《きら》われますよ。そんなんで静蘭を超《こ》えられると思ってるんですか？　再挑戦《ちょうせん》するんでしょう」

ぴたりと劉輝は口をつぐんだ。見事な手綱《たづな》さばきである。

「秀麗殿《どの》、時々遊びに行くよ。そうしたら手料理をご馳走《ちそう》してくれるかな？」

楸瑛がにっこりと笑った。秀麗も笑顔で頷いた。

「ええ。材料費、もってきてくださったら喜んで」

「…………」

「なーんて、冗談です。いつでもいらしてくださいね」

誰《だれ》もが嘘《うそ》つけ、と思った。

「静蘭は本当に羽林軍をでるのかい？」

「はい。もともとお嬢様にあわせての特進ですから。もとの部署に戻していただくのが筋というものです。昇進《しょうしん》に不正があってはいけません」

秀麗と劉輝はいかにも納得《なっとく》していない不満そうな顔をした。この二人がかりの説得でも、静蘭は落ちなかった。その本当の理由を思い返し、楸瑛は首を振《ふ》った。

『羽林軍だと、定時に帰れませんでしょう？　お嬢様のご飯が食べられませんので』

……彼は楸瑛が認める数少ない極上《ごくじょう》の男であった。

秀麗は絳攸からぽん、と頭を叩《たた》かれた。

「……絳攸様？」

「よく頑張ったな。……褒《ほ》めてやる」

絳攸には珍《めずら》しい、それはちゃんとした微笑《びしょう》だった。秀麗は嬉しくなった。

「……ありがとうございます。絳攸様も、遊びにいらしてくださいね」

絳攸は邵可を見た。すると、邵可はにっこりと頷いた。途端《とたん》、絳攸の顔がパッと輝《かがや》く。

「まあ、行ってやってもいい」

いかにも仕方なく、というその口調は、しかしその嬉しげな顔が見事に裏切っていた。なんでそんなにあの父を尊敬するのか、いまいち秀麗にはよくわからない。

「珠翠」

秀麗はぎゅっと背の高い女官の手を握《にぎ》った。

「――今までありがとう。たくさんたくさん優しくしてくれて、私本当に嬉しかった。珠翠がいたからなんとかなったの。ありがとう」

珠翠は目を潤《うる》ませると、ぎゅっと秀麗を抱《だ》きしめた。

「お暇がもらえたら、珠翠も遊びにきてね。……それと、香鈴をよろしくね」

はい、と珠翠は頷いた。

最後に、秀麗は劉輝に向き直った。劉輝にだけは、「遊びにきて」とは言えない。言うべき言葉はただ一つだけだった。

「さよなら」

劉輝は肚《はら》をくくったように無言で頷いた。そしてちらりと静蘭を見る。だがすぐにその首が傾《かたむ》いたかと思うと、次の瞬間《しゅんかん》、秀麗は唇《くちびる》を奪《うば》われていた。

その場にいた全員が凍《こお》りつく。

（――――――――っっ⁉）

劉輝は唇を離《はな》す間際《まぎわ》、小さく囁いた。

「見ていろ。すぐに、そなたは戻《もど》ってくる」

混乱していた秀麗の耳には、その言葉は届かなかった。

真っ赤になりながら、秀麗は平手をくりだした。けれどあっさり腕《うで》をつかまれる。

「あ、あああなたこんな公衆の面前でっ」

「余は、悪いことをしたとは思ってない」

やけに堂々と劉輝は胸を張った。

「だから、平手は受け付けぬ」

「あなたねぇっ」

「そうだ、一つ言い忘れていた」

劉輝は軽々と秀麗を引き寄せると、その耳に何事か耳打ちした。

その瞬間、秀麗の目がこれ以上ないくらい丸くなった。

「これはずっと黙《だま》っていたから、平手は甘んじて受ける」

その瞬間——遠慮《えんりょ》のない平手の音が劉輝の頰《ほお》で鳴った。

秀麗はふるふると震《ふる》えた。男色家——じゃなくて——何ですって⁉

『ええと、何と言ったかな……そうだ、楸瑛がいうには、余は〝両刀〟なのだそうだ』

「しんっっっっじらんないこの節操なし男——————っっっ‼」

秀麗の怒鳴《どな》り声が、蒼穹《そうきゅう》に高く高く吸い込まれていった。

季節はもう、夏になっていた。

・❋・❋・

宋太傅は禁苑《きんえん》の一角にある塔《とう》のてっぺんにきていた。先客を見て、眉《まゆ》を寄せる。

「やっぱりここだったか。監禁《かんきん》されてるのに抜け出してこんなところにいおって……」

「わしも別れの挨拶を言いたかったのに……閉じこめるなんてひどいではないか。まったく近《ちか》

頃《ごろ》の若者は……ぶつぶつ」

　ざぁっ――と風が吹《ふ》き抜ける。霄太師は空を見上げた。青い青い――昊《そら》。

　鴛洵《えんじゅん》は、ここから国を見渡《みわた》すのが好きだった。はるけき彼方《かなた》まで見渡せるここで、いつも三人で――時には王を交えて盃《さかずき》を酌《く》みかわしたあのころ。

「……宋、お前の〝花〟は、沈丁花《じんちょうげ》だったな」

　そう言うと、霄太師は剣《けん》の鍔《つば》に彫《ほ》りこまれているその花紋《かもん》を見やった。

「――鴛洵《えんじゅん》の〝花〟は、菊花《きっか》だったな」

　沈黙《ちんもく》ののち、ああ、と霄太師は呟《つぶや》いた。

「――誇《ほこ》り高く気高い、あいつそのもののような花だよ」

「バカなことをしたな、霄。だが――……よくやったな」

「宋……」

「なんだ」

「……お前は、あんまり早く、私を置いていかないでくれよ」

　小さな子供のような声だった。

　宋太傅は答える代わりに、剣の柄《つか》でゴンと霄太師の頭を殴《なぐ》ったのだった。

――そうして時は流れ、ほどなく国試の女性受験が認められる。

王の忍耐《にんたい》強い説得によりついに実現したこの法律は、その年、初めての女性合格者を出すことで反対勢力を黙らせた。

並みいる男を蹴散《けち》らし、見事第三位――探花《たんか》で合格を果たしたその女性の名は、紅秀麗。

のちに、「軍に藍茈《らんし》あり、文に李紅《りこう》あり」とうたわれた、伝説の女性である――。

あとがき

どなたさまも初めまして、ですね。雪乃紗衣《ゆきのさい》です。

受賞作を改題、（大）改作したこの『彩雲国物語』が私のデビュー作になります。

後書きから読む方のために。中国っぽい感じではありますが、えー、全然難しくないです。や、何せ私自身、中国に造詣《ぞうけい》が深いとかそんなことは全っっ然ないので、字《あざな》とかも一切《いっさい》ナシ！

……だって、名前いくつもあるとわかんなくなるじゃないですか……私が……（↑バカ）。

あ、この本のすぐあとに発売される『The Beans《ザ・ビーンズ》』という雑誌に、彩雲国の短編が載《の》る予定です。時間軸《じく》はこの話の直前、メインは絳攸《こうゆう》と楸瑛《しゆうえい》。この話では隠《かく》れていた絳攸の上司も出てくる…かも。興味をもっていただけたら、ぜひ手にとってみてください。

担当さまは勿論《もちろん》、イラストを描《か》いてくださった由羅《ゆら》カイリさまに最大級の感謝を。こんなポッと出の新人にまさかと思いました。表紙ラフ、毎晩枕元《まくらもと》に置いて寝《ね》てます。そしてこの本を手にとってくれた皆様《みなさま》。よろしければ、感想のお手紙などくださると本当に嬉《うれ》しいです。

……や1、一ページは短い……。さて終わりに、私事で恐縮《きようしゆく》ですが、この本を私の人生最初の友人であり、最後まで友人である亡《な》き（とは今も言いたくないのですが）仲田桂子《なかたけいこ》嬢《じよう》に。

では（百万が一の）機会がありましたら、皆様とまた次の作品でお会いできますよう。

雪乃紗衣

「彩雲国物語　はじまりの風は紅く」の感想をお寄せください。
おたよりのあて先
〒102-8078　東京都千代田区富士見2-13-3
角川書店アニメ・コミック事業部ビーンズ文庫編集部気付
「雪乃紗衣」先生・「由羅カイリ」先生
また、編集部へのご意見ご希望は、同じ住所で「ビーンズ文庫編集部」
までお寄せください。

彩雲国物語《さいうんこくものがたり》　はじまりの風《かぜ》は紅《あか》く

雪乃紗衣《ゆきのさい》

角川ビーンズ文庫　BB46-1　13139

平成15年11月１日　初版発行
平成18年９月25日　20版発行

発行者――井上伸一郎
発行所――株式会社角川書店
東京都千代田区富士見2-13-3
電話／編集（03）3238-8506
営業（03）3238-8521
〒102-8177　振替00130-9-195208
印刷所――暁印刷　製本所――BBC
装幀者――micro fish

ISBN4-04-449901-2 C0193 定価はカバーに明記してあります。

本文イラスト／由羅　カイリ

目次

彩雲国物語

はじまりの風は紅く

雪乃紗衣

13139

角川ビーンズ文庫